毛詩説

曾運乾 著
周秉鈞 整理

出版説明

曾運乾（一八八四—一九四五），我國著名語言學家、文史研究學者。字星笠，湖南益陽人。歷任東北大學、中山大學、湖南大學教授。楊樹達曾運乾教授傳贊其：「能爲深沉之思，於學無所不窺。上自諸經子史，下至小學訓詁、天文星象、樂律，無不通曉，而尤邃於聲韻。」可惜时至今日，曾氏著作僅有零星幾種整理面世。崇文書局於是有出版曾運乾著作集之議，先期出版曾氏代表作若干，爲整理出版曾運乾全集做必要準備。

毛詩説係曾運乾先生長年研治詩經的結晶。該書廣泛采擇歷代詩經學成果而能自出機杼，善於闡發詩意而又訓詁準確、清通簡要。著名語言學家周秉鈞將之精心標點整理，一九九〇年由嶽麓書社出版。

此次收入曾運乾著作集的毛詩説即以嶽麓本爲底本，改用繁體豎排形式，並加標專名綫，對書中引用文獻加以全面覆核校訂，力圖爲學界提供一部文字準確、校訂精審而又便於閱讀使用的版本。本次出版得到湖南師範大學吴仰湘教授、湖南師範大學圖書館熊婷婷博士等人的大力幫助，在此致以誠摯的謝意。

崇文書局古籍編輯部
二〇二三年七月

嶽麓書社版前言

曾運乾先生，字星笠，號棗園，又號半僧，湖南益陽人。歷任東北大學、中山大學、湖南大學教授。

先生没有經過師授而精於音韻。撰切韻五聲五十紐考，闡明切韻聲類和韻類都分洪細，聲和韻各依洪細配合而切出字音。又撰喻母古讀考，證明喻母三等古讀匣母，喻母四等古讀定母。又定古韻爲三十部。楊遇夫先生積微翁回憶録説：「一九三八年三月卅一日，曾星笠來談，謂擬定古韻爲三十部。於黄季剛二十八部外，取其豪蕭部分出入聲一部，此與黄永鎮、錢玄同相同者也。其他一部則取微部分爲二：一爲齊部，開口之字如衣、伊屬之，以與屑、真爲一組；其合口之字則仍爲微部。」（積微翁回憶録，一四一頁）於是陰聲韻共九部，入聲韻共十一部，陽聲韻仍爲十部，合爲三十部。古韻分部，更加細密了。羅常培先生讀了喻母古讀考，稱先生爲「錢竹汀後一人」；楊遇夫先生謂古韻三十部「臻於最密，無可復分」。可見先生音韻的造詣極高，是近代的音韻大家。

先生又善於研讀古代文獻，創見很多，是近代重要的訓詁學家。楊遇夫先生説：「其治學也，學以濟其思，思以助其學，謹而不拘，達而有節，故其説經不泥守家法，平視漢宋，惟以聲音訓詁辭氣推求古人立言真意之所在，其精謹綿密，實事求是，並世承學之士無與抗手。」（曾星笠傳）楊氏的評論是允當的。尚書正讀是先生這方面的代表作。他化艱深爲平易，我們依據他的訓釋來讀尚書，如同讀漢唐人的詔令奏議。他的這一成果，遠遠超越了前人。此外，還有爾雅義證、毛詩説、三禮説、莊子説、荀子説等遺著，都富有新義，饒有學術價值。

先生從一九二六年開始，一直在高等學校任教，長達二十年。他教課非常認真，每講一書，都寫有講義。他爲教學而寫的著作就有十來種，耗盡了平生的精力。先生晚年辭去中山大學教授之職，回到湖南大學，很想爲鄉里培養一批專門人才。一九四四年六月，先生寫詩和楊遇夫先生道：「船山湘綺各孤軍，異世荆舒風議新。折角要張三户楚，敬鄉合樹百年人。」敬鄉樹人，表明了先生培養家鄉人才的宏願。現在有些人學成之後，就不願回歸祖國，只愛紛華而不關心鄉土。同先生這種樂意爲家鄉服務的高尚思想相比，又何止天壤之別呢？一九四五年一月二十日先生積勞逝世。楊先生回憶當時情況說：先生「數周來常感不適，然猶授書不輟。至十五日，萬不能支，乃輟講」（積微翁回憶録，二一九頁）。停止上課，離先生逝世只有五天，而且是由於萬不能支。這真是鞠躬盡瘁，死而後已！這種忠誠於教育事業的高尚精神，永遠值得我們崇敬和學習，永遠需要發揚。這些事實，又充分説明先生是一位忠誠的教育家。

下面談談先生的毛詩説。

一九四五年一月，先生在湖南辰溪逝世。當時受業弟子爲了懷念先生，於是整理先生的講稿、詩經的眉批和學生的筆記抄成這部稿子，名叫毛詩説。這部書中先生共講了詩經二百四十多篇，約占詩經的八成。

這部書中，除毛傳、鄭箋外，還廣採朱熹詩集傳和清代戴震、王念孫、王引之、陳奂、胡承珙、馬瑞辰、魏源、王先謙諸家之説。經過先生的篩選，這些材料可以説都是精華，這對後學來説，無疑是很寶貴的。

先生説詩，善於闡發詩意。如綢繆篇，先生説：「按此詩即杜詩新婚別所本，自來未得其解。」他解釋首兩句「綢繆束薪，三星在天」説：「綢繆束薪，新婚之事；三星在天，新婚之時。」解三四句「今夕何夕，見此良人」説：「良人，女子之夫也。今夕何夕，見此良人，慶幸之詞。」解釋「如此良人何」句説：「所謂『暮婚晨告别，無乃太匆忙』，按此章婦言。」解「見此粲者」説：「朱傳云：『粲，美也。』男子謂其女也。」解「如此粲者何」説：「言時危世亂，恐有離别之苦。」經先生這樣扼要的闡發，我們終於明白了：描寫時危世亂一對新婚夫婦擔心即將離别的隱憂，才是這首詩的深意所在。真是透辟極了，發前人所未發！

先生闡發詩意，常以闡明詁訓爲基礎。召南行露詩「誰謂汝無家」，舊説解「無家」爲「不以室家之道於我」，很讓費解。先生闡明「家」字在古代有資財的意思，又指出古代的獄訟要向主管者交納財貨的歷史事實，這句詩的真正意義就清楚了。原來是這個女子在指責男方勾結獄司仗財欺人。女子質問説，誰説你没有資財，不然，何以找我訴訟呢？這樣解釋，這個不畏强暴的女性終於再現在讀者的眼前，這真是入木三分！大雅抑篇「彼童而角，實虹小子」，毛傳説：「童，羊之無角者也。而角，自用也。虹，潰也。」鄭箋説：「而角者，喻與政事有所害也。此人實潰亂小子之政。」有些使人費解。先生解釋説：「按虹讀如訌，言童而有角，實訌小兒也。訌，俗作哄。傳『虹，潰也』，亦讀之假借，惑也。」先生闡明了「虹」的意義，詩句就明白如話了。衛風氓篇「不思其反」，「反」字毛傳沒有解釋，鄭箋說：「反，復也。今老而使我怨，曾不念復其前言。」先生解釋說：「今按反讀爲翻，猶言翻變也。言當言笑矢誓之時，不思後此有此翻變也。」這樣一解，訓詁與文情真是密合無間！楊遇夫先生讀先生的召旻詩說，曾經讚嘆說：「釋『不如時』、『不如茲』爲『今不如時』、『昔不如茲』之省略，精審之至！令人擊節嘆賞。」（積微翁回憶録，二〇一頁）這樣精審的解釋，書中屢見不鮮。這確實是一部可貴的學術著作，我們必須高度重視。

再談談我們的點校工作。

往年我有幸讀到這部遺稿，發現其中勝義紛披，很受教益，極想把它點校出版。

這部稿子，原是在先生逝世以後倉促完成的。當時無暇校對，不免有些顛倒錯亂。去年夏天，我請研究生李運富、劉曉南、陳松長、陽太四君分別查對原書，加以標點；隨後我又詳細點校，經夏至秋，才告完成。今年將書稿謄正之後，我又校了一遍。雲霽既盡，星光於是燦然了。

先生引用前人的話，每每只標其姓。陳，指陳奐；胡，指胡承珙；馬，指馬瑞辰；

魏，指魏源；王，指王先謙。這是本書的通例。

現在學術著作出版很難。嶽麓書社没有忽視這方面的工作，樂意出版這部書，這是難得的。從前這部書稿由辰溪運回益陽，曾經落於沅水，幸而没有失掉；又經過四十多年，經過整理，幸而能够出版。在此，謹向這些關心學術的朋友致以崇高的敬意。

周秉鈞寫於湖南師大文史研究所

一九八九年十一月十四日

目録

小雅

概論

一、詩之名稱

正義云：「名爲詩者，内則説『負子之禮』云：『詩負之。』注：『詩之言承也。』春秋説題辭云：『在辭爲詩，未發爲謀，恬澹爲心，思慮爲志。詩之爲言志也。詩緯含神務云：『詩者，持也。』然則詩有三訓：承也，志也，持也。作者承君政之善惡，述己志而作詩，爲詩所以持人之行使不失隊，故一名而三訓也。」（詩屬審母，古音在哈部；承屬禪母，古音在登部。審、禪音近，哈、登陰陽對轉，故詩得訓爲承也。）

今按：凡爲詩者，必先有所感觸，樂記所謂「凡音之動，由人心生」也。感於物而動，故形於聲。孔氏正義序云：「六情静於中，百物蕩於外，情緣物動，物感情遷。若政遇醇和，則歡娱被於朝野；時當慘黷，亦怨刺形於詠歌。」據此，則詩之訓承，承受外來之觀感乃爲詩也。詩大序云：「詩者，志之所之也。在心爲志，發言爲詩。」孔氏正義序亦云：「哀樂之起，冥於自然。喜怒之端，非由人事。故燕雀表啁噍之感，鸞鳳有歌舞之容。」據此，則表内心之蘊蓄者，乃爲詩也。又孔子云：「詩可以興，可以群，可以觀，可以怨。」孔氏正義序亦云：「作之者所以暢懷舒憤，聞之者足以塞違從正。」據此，詩之訓持者，持人之意志而寓有勸懲之目的者，乃爲詩也。

二、詩之起源

尚書虞書：「詩言志，歌永言，聲依永，律和聲。」鄭康成詩譜序云：「詩之興也，諒不於上皇之世。大庭、軒轅逮於高辛，其時有亡，載籍亦蔑云焉。」又六藝論云：「唐虞始造其初，至周分爲六詩。」孔氏正義序云：「詩理之先，同夫開闢，詩迹所用，隨運而移。」今謂人類初有語言，即有謳歌吟嘯，詩之初起，與人類並。孔説爲允矣。

三、孔子删詩

禮王制：「天子五年一巡狩，命大臣陳詩以觀民風。」漢書藝文志：「古有采詩之官，王者所以觀民風、知得失、自考正也。史記孔子世家：「古者詩三千餘篇。及至孔子，去其重，取可施於禮義者，上采契、后稷，中述殷、周之盛，至幽、厲之缺，三百五篇，皆弦歌之，以求合韶武、雅頌之音。」

四、子夏序詩

陸璣詩草木鳥獸蟲魚疏云：「孔子刪詩，授卜商，商爲之序。」釋文音義引沈重云：「按鄭詩譜序意，大序子夏作，小序是子夏、毛公合作，卜商意有未盡，毛更足成之。或云：小序是東海衛敬仲（字宏，後漢時人）所作。」釋文叙録云：「孔子既取周詩，上兼商頌，以授子夏，子夏遂作序焉。或曰毛公作序。」

案：謂詩序作於子夏者，始於鄭玄、陸璣。然漢書藝文志云「毛公之學」，自謂子夏所傳，未嘗言子夏作序，則序當依釋文引一説爲毛公所作，衛宏或有增益耳。

五、漢儒傳詩

漢時傳詩者四家。

1. 齊詩：漢書儒林傳：「轅固生，齊人。以治詩，孝景時爲博士。諸齊之以詩貴顯者，皆固弟子也。」

2. 魯詩：漢書魯元王傳：「元王交少時，與穆生、申公俱受詩於浮邱伯。浮邱伯，孫卿門人也。元王遣子郢客與申公俱卒業。申公始爲傳，號魯詩。」

3. 韓詩：「漢書儒林傳：「韓嬰，燕人。推詩人之意，而作内、外傳數萬言，其語頗與齊魯間殊，其歸一也。」

4. 毛詩：經典釋文叙録引徐整云：「子夏授高行子，高行子授薛倉子，薛倉子授帛妙子，帛妙子授河間人大毛公（據陸璣疏，名亨），毛公爲詩故訓傳於家，以授趙人小毛公（名萇），小毛公爲河間獻王博士，以不在漢朝，故不列於學。」

叙録云：「後漢鄭衆、賈逵傳毛詩，馬融作毛詩注，鄭玄作毛詩箋，申明毛義，難三家。於是三家遂廢矣。」又云「齊詩久亡，魯詩不過江東，韓詩雖在，人無傳者，惟毛詩、鄭箋獨立國學。」

隋書經籍志云：「齊詩魏代已亡，魯詩亡於西晋，韓詩雖存，無傳之者。」

今案：齊、魯、韓三家詩，漢代皆立學，爲今文學。毛詩爲古文學，在漢世未立於學。平帝時偶一立學，未久即廢。魏晉以後，三家漸亡，毛傳孤行，今所遵用。

六、毛傳、鄭箋

毛公傳詩，稱故訓傳。詩正義云：「詁者，古也。古今異言，通之使人知也。訓者，道也，道物之貌以告人也。」爾雅序云：「釋詁，通古今之字，古與今異言也。釋訓，言形貌也。」馬瑞辰毛詩傳箋通釋云：「詁訓，第就經文所言者而詮釋之。傳，則並經文所未言者而引伸之。此詁訓與傳之别也。」鄭注稱箋者，字林云：「箋，表也，識也。」鄭君六藝論云：「注詩宗毛爲主，毛意若隱略，則更表明；如有不同，便下己意，使可識别也。」

七、詩序

釋文音義引沈重云：「案鄭詩譜意，大序是子夏作，小序是子夏、毛公合作，卜商意有未盡，毛更足成之。或云小序是東海衛敬仲所作。」

以下釋詩大序：

「關雎，后妃之德也」至「教以化之」

經典釋文：「舊說云，起此至『用之邦國焉』，名關雎序，謂之小序。自『風，風也』迄末，名爲大序。」朱子詩序辨說以「詩者，志之所之也」至「詩之至也」爲大序，餘爲小序。今案朱說較近理。大抵論及全詩者，爲大序；專言關雎者，爲小序。自「然則關雎、麟趾之化」至末，則所謂「卜商意有未盡，毛公足成之」者也。正義：「諸序皆一篇之義，但詩理深廣，此爲篇端，故以詩之大綱並舉於此。」

正義：「后妃性行和諧，貞專化下，寤寐求賢，供奉職事，是后妃之德也。」案：摯而有別爲后妃之德。（釋「后妃之德」）

釋文：「風是諸侯政教也。」正義：天子之政教亦曰風。君子之德風，小人之德草也。（釋「風」）

儀禮鄉飲酒禮：「合樂周南關雎。」燕禮：「歌周南關雎。」（釋「用之鄉人，用之邦國」）

以上釋關雎。

「詩者，志之所之」至「足之蹈之也」

藝文志云：「哀樂之心感，歌詠之聲發。」此辨詩與直言之別。詩是言之有濃厚感情者，故嗟嘆之；詩是言之有雋永意味者，故詠歌之；詩是言之有諧和聲調者，故不覺手之舞之足之蹈之也。

以上言詩與樂歌。

「情發於聲」至「移風俗」

本言感動人心，而言動天地、感鬼神者，言天地鬼神尚可感動，則人心可知也。（言詩之功德）

以上言詩之效用。

「故詩有六藝」至「故曰風」

正義：「風雅頌者，詩篇之異體；賦比興者，詩文之異辭。」又：「風之所用，以賦比興爲之辭。」雅、頌亦然。「既見賦比興於風下，明雅、頌亦同之……比與興雖同是附託外物，比顯而興隱。」今謂賦之言敷，直陳其事；興是聯想，因物起興；比是譬喻，借彼言此。正義：「以風是政教之初，六藝風居其首，故六藝總名爲風。」

以上言六義。

「至於王道衰」至「先王之澤也」

變風、變雅，對正風、正雅言也。二南二十五篇爲正風；鹿鳴至菁菁者莪二十二篇爲正小雅；文王至卷阿十八篇爲正大雅。正風、正雅，皆文、武、成王時詩也。

朱子云：「詩之作，或出於公卿大夫，或出於匹夫匹婦。而序以爲專出於國史，則誤矣。」今案國史爲國中之曉書史者，不必爲國家史官也。

「止乎禮義」者，委婉曲折，温柔敦厚也。

以上言風之正、變。

「是以一國之事」至「詩之至也」

正義：「風見優劣之差，故周南先於召南；雅見積漸之義，故小雅先於大雅。」

「雅」與「夏」音近，由「夏」而得「正」義。

大雅、小雅，不能以政有大小而解釋之。不過分篇卷時劃爲兩部，故以大小名之耳，猶之卷上卷下也。

關雎，風之始；鹿鳴，小雅之始；文王，大雅之始；清廟，頌之始。三家詩論四始，則雜以陰陽五行之說，與此不同。四始者，詩中四篇壓卷作也。

至，極也，言其極盛也。

以上言三義、四始。

「然則關雎、麟趾之化」至「關雎之義也」

關雎、麟趾既是王者之風，應係之文王。而以其時文王三分有二，實未稱王，故係之周公。鵲巢、騶虞既是太王、王季之所以教，應係之太王、王季，而以太王、王季實是追封，故係之召公。其區分之地，則周南必爲周公爲東伯時所管轄之地，召南同例。

按本文衍孔子「樂而不淫，哀而不傷」之旨。

「憂在進賢」之「憂」，疑當作「樂」。「進賢」，馬瑞辰云：「進后妃之賢耳。」王肅云：「哀窈窕之不得，思賢才之良質。」

「傷善」之「善」，疑當作「憂」。

「是以關雎樂得淑女以配君子，憂在進賢，不淫其色。哀窈窕，思賢才，而無傷善之心焉。」此自演孔子「關雎樂而不淫，哀而不傷」之旨。上句申「樂而不淫」，下句申「哀而不傷」。然上宜言樂而反言憂，下宜言不自傷而反言傷善。箋釋之云：「無傷善之心，謂好逑也。『君子好逑』者，能爲君子和好衆妾之怨者。意謂和好衆妾之怨者，是無傷害善人之心也。」然后妃雖生有聖德，不懷妒忌，已越常科。必欲其和好衆妾，代求淑女，至於寤寐輾轉，殊乖情理之宜。詩人不當如此設想。此以無傷善之心釋「好逑」之説，不足信也。又依其説，以「哀窈窕，思賢才」就后妃説，既至於夢寐輾轉無可復加矣，而又云無傷善之心，詞意重複，亦非文體之宜。王肅乃云：「哀窈窕之不得，思賢才之良質，無傷善之心焉。若苟慕其色，則善心傷也。是知就文王説。」然傷善是傷之及於彼者，善傷是傷之止於已者。以傷善爲善傷，是以傷人爲已傷也。二者無一而可。此朱子所以謂「以傷爲傷善之心，則又大失其旨而全無文理也」。今謂此文「憂」「善」二字誤倒。上文「憂在進賢，不淫其色」之「憂」當作「善」，下文「無傷善」之「善」當作「憂」。善，吉也。善、樂義近，詩「嘉樂」即善樂也。孟子：「可欲之謂善。」「善在進賢，不淫其色」即「欲在進賢，不淫其色」，亦即孔子所云「樂而不淫」也。爾雅：「悠、傷、憂，思也。」哀賢才之難得，思窈窕之良質，即至於「寤寐思服」而無憂傷之思焉，即「哀而不傷」也。不知其爲倒誤而强説之，雖費於言，終成詰詘也。

以上釋周南、召南兼及關雎篇義。

國風

周南

關雎

關關雎鳩，在河之洲。

淮南子泰族訓：「關雎興於鳥，而君子美之，謂其雌雄之不乖居也。」王先謙詩三家義集疏云：「不乖居，言不亂耦也。或改『乖』爲『乘』，以合列女傳，非。」正義：「夫婦有別，則性純子孝，孝則忠。」今案，孔穎達「性純子孝」之説，原於鄭康成。鄭君於禮郊特牲「男女有別而父子親」釋之云：「言人倫有別而氣性醇也。」又於禮昏義「男女有別，而後夫婦有義；夫婦有義，而後父子有親；父子有親，而後君臣有正」釋之曰：「言子受氣性純則孝，孝則忠也。」蓋男女無別則亂升，而淫僻之獄以起。男女無別則受氣性雜，而娼妒之氣不仁。近詒儕輩爭色之憂，遠詒種族竄劣之敗。故古語謂「夫婦有別而後父子有親」者，非謂嫁娶定，民始知母知父也；直謂嫁娶定，而後人道立、種性良也。胎教之理，優生之學，人道之始，忠孝之基，非毛、鄭，其誰知此乎？

窈窕淑女，君子好逑。

淑，說文：「清湛也。」此訓「善」者，爲「俶」之同聲借字。說文：「俶，善也。」逑，說文：「斂聚也。」此訓「匹」者，爲「仇」之同音借字。說文：「仇，讎也。」引申則有相當、相對之意。爾雅：「仇，匹也。」

參差荇菜，左右流之。窈窕淑女，寤寐求之。

傳云：「流，求也。」案，流訓求者，流爲摎之同音借字。後漢書張衡傳注：「摎，求也。」左右，朱子詩集傳云：「或左或右，言無方也。」鄭箋云：「助也。」非。上章以「關雎」起興，此章以「荇菜」起興者，荇菜之生，浮於水上，根在水底，與水淺深，爲水邊所見，又足以供祭祀之豆實，與古禮婦主中饋、助行祭祀之義有會，故以所見起興。「流」「求」同義異用者，變文取韻例。

求之不得，寤寐思服。

思，語辭，猶斯也。周頌閔予小子：「繼序思不忘。」商頌烈祖：「賚我思成。」「思」

並語辭。

傳云：「服，思之也。」按，書康誥：「服念五六日，至於旬時。」服，思念也。

朱傳云：「此章本其未得而言。」按：即孔子所稱關雎「哀而不傷」也。

琴瑟友之　鍾鼓樂之

按：琴瑟、鍾鼓之友、樂，鄭以爲行祭祀時，非。正義引孫毓述毛云：「樂爲淑女設。知非祭祀時設樂者，若在祭時，則樂爲祭設，何言德盛？設女德不盛，豈祭無樂乎？又琴瑟樂神，何言友樂也？豈得以祭時之樂友樂淑女乎？」王先謙詩三家義集疏云：「樂爲淑女設，即不得是祭樂。韓詩『鍾鼓』，一作『鼓鍾』，知琴瑟與鍾皆房中所用，可無祭樂之疑。賴此孤證，祛毛傳數千年之惑。」燕禮鄭注：「謂之房中者，后夫人之所諷誦，事其君子。」

朱傳云：「此章據今始得而言。」按：即孔子所稱「樂而不淫」也。

葛覃

葛覃，后妃之本也。后妃在父母家，則志在女功之事……

此「本」字，如荀子天論「强本而節用」之「本」，注：「謂農桑也。」此言后妃之本，指女功絺綌之事。

詩本就既嫁之女子言，故云后妃。若尚未嫁，何有后妃與非后妃之别？「后妃在父母家」以下諸語，皆非詩意，疑衛宏所加。朱子詩序辨説云：「此詩之序，首尾皆是，但其所謂『在父母家』者一語爲未安。蓋若謂未嫁之時，即詩中不應遽以『歸寧父母』爲言。」

葛之覃兮，施于中谷。

傳云：「覃，延也。」按：覃，定母；延，喻母。古音雙聲，故覃訓延。傳云：「施，移也。」按：並喻母雙聲。

馬瑞辰云：「詩以葛之生此而延彼，興女子之自母家而適夫家。王肅言『猶女之當外成』，是也。」

黄鳥于飛，集于灌木，其鳴喈喈。

「于飛」之「于」，爲助動詞。

詩以黄鳥之有好音，興賢女之有德音。馬云：「女之父母爲女擇夫而嫁，猶鳥之擇木而棲，故詩以黄鳥之集灌木爲喻。」按，「其鳴喈喈」者，喻其至夫家之和諧也。

第一章就初嫁時言。

第一章「覃」「谷」與第二章之「覃」「谷」叶，此稱隔章韻。

第二章承上説下，葛覃爲賦而非興。

「萋」「飛」「喈」叶。「萋」「喈」衣攝，「飛」威攝，此爲旁轉韻。

是刈是濩。

韓詩云：「刈，取也。」

女子既嫁以後，皆勤女功以爲初服。玩傳所引，皆就既嫁之女子言。

古服制，帶有二。有革帶，所以繫佩；有大帶，所以束身。

服之無斁。

説文：「服，用也。」緇衣引詩「服之無斁」，鄭注：「言已願采葛，以爲君子之衣，令君子服之無斁。」

以上二章，就在夫家言。

莫、濩、斁叶。莫，烏攝；濩、斁，烏入。

言告師氏，言告言歸。

傳云：「言，我也。」按，言、我疑母雙聲，故言得訓我。爾雅釋詁：「言，間也。」

「間」謂間厠語詞之中，猶今言語助也，亦若今言「我們」以作發語詞者。

傳云「祖廟未毀」云云。按：儀禮士昏禮注：「祖廟，女高祖爲君者之廟。」「毀」者，高祖以上，遞遷其主於始祖之廟也。

傳云「教於宗室」。按：昏義注又云：「宗室，大宗子之家。」大宗子者，長房之長房也。

師氏，猶傅母也。告者，告於傅母也。歸，歸寧也。如令女子未嫁，必無自言其嫁之理。鄭箋謂女師教以適人之道，於文未洽。朱子集傳云：「告其師氏，使告於君子以將歸寧之意。」

薄汙我私，薄澣我衣。

芣苢傳云：「薄，辭也。」後漢書李固傳「薄言震之」注引韓詩亦曰：「薄，辭也。」傳云：「汙，煩也。」按，煩，勞也。傳云：「婦人有副褘盛飾。」按，正義云：「副，婦人首飾之上。褘，王后之上服。」箋云：「衣，謂褘衣以下至褖衣。」按，周禮内司服云：「掌王后之六服：褘衣（玄），褕翟（青），闕翟（赤），鞠衣（黄），展衣（白），褖衣（黑）。」

害澣害否，歸寧父母。

傳云：「害，何也。」按，害、何匣母雙聲。箋云：「我之衣服何所當見澣乎？」按：何所，猶言何處、何許。

第三章就其將歸寧時言。

卷耳

卷耳，后妃之志也。又當輔佐君子，求賢審官，知臣下之勤勞。内有進賢之志，而無險詖私謁之心，朝夕思念，至於憂勤也。

「后妃之志」者，在心爲志，發言爲詩。「又當」以下，皆後作序者據左傳斷章取義之説增加，非詩本旨也。

朱序辨云：「首句得之，餘皆傅會之鑿説。后妃雖知臣下之勤勞而憂之，然曰『嗟我懷人』，則其言親暱，非后妃之所得施於使臣者矣。」

乾案：傳解「懷人」爲「思君子，官賢人」，增文解經。

采采卷耳，不盈頃筐。

采采，勤事采菜也。章太炎曰：「上采爲事，語詞，猶言載。」按：載、事、采古音聲、韻皆同。荀子解蔽云：「卷耳，易得也；頃筐，易盈也。然而不可以貳周行。故曰心枝則無知，傾則不精，貳則疑惑。」按，依荀説，此詩當爲賦體。傳云：「憂者之興也。」按，正義云：「特言憂者之興，言興取其憂而已，不取其采菜也。」是。箋亦不以爲興。

嗟我懷人，寘彼周行。

説文：「嗟，嗞也。」寘彼周行，寘周之列位也。左傳襄十五年引詩曰：「『嗟我懷人，寘彼周行』，能官人也。王及公、侯、伯、子、男、采、甸衛、大夫，各處其列，所謂周行也。」按，此斷章取義、引申其義而言，非詩本旨也。按此詩爲思婦之辭，爲賦體。詩意言：卷耳，易得之菜；頃筐，易盈之器。然而不盈者，因嗟我所思之人，置彼周行而不在家，所以登高遠望，庶幾少舒傷感也。至於終不可見，則亦付之長嘆而已。此之謂「在心爲志，發言爲詩」「發乎情，止乎禮義」也。

我馬虺隤。

「我」即上文「嗟我懷人」之「我」。箋云：「我，我使臣也。」非。朱辨云：「首章言我，獨爲后妃，而後章言我，皆爲使臣，首尾橫決。」

我姑酌彼金罍，維以不永懷。

此即魏武帝詩「何以解憂？維有杜康」之意。以，用也。

正義：「詩本蓄志發憤，情寄於辭。故有意不盡，重章以申殷勤。」按：文辭上亦有此種要求。

云何吁矣。

按：吁，驚詞也。此「吁」當爲「盱」之同聲借字。説文：「盱，張目也。」「矣」同「哩」，可作疑問詞。

言我所懷之人，馬瘏僕痡，終不可得而見。云何常此張目遠望乎？則亦長託諸懷想而已。

彼何人斯「壹者之來，云何其吁」，都人士「我不見兮，云何盱矣」，皆言不得見而致其遠望也。「云何盱矣」，猶小弁言「心之憂矣，云如之何」。

樛木

詩序之下一句，當後作序者所加。既能逮下，當然無嫉妒。又逮下者，亦后妃之德惠下逮也。

樂只君子。

説文：「只，語已辭也。」經傳通用爲語助辭。鄭以只訓其，非。集傳云：「君子，自衆妾而指后妃，猶言小君内子也。」按：朱説是也。

葛藟荒之。

傳云：「荒，奄也。」按：被之廣也。

螽斯

螽斯，后妃子孫衆多也。言若螽斯不妒忌，則子孫衆多也。

王葵園云：「詩人美后妃子孫多且賢也……序説『螽斯不妒忌，則子孫衆多』，螽斯，微蟲，妒忌與否，非人所知，箋説因之而益謬。」

此詩鄭志答張逸云：「實興也。」朱傳云：「比也。」考興與比，雖同是附外物，比顯而興微。本詩以螽斯之群處和集而子孫衆多比后妃子孫衆多，義甚明顯。故朱子以比釋之，而毛傳亦不特言興也。

桃夭

桃夭，后妃之所致也。不妒忌，則男女以正，昏姻以時，國無鰥民也。

按：「男女以正，昏姻以時」，與不妒忌無涉。

有蕡其實。

「有蕡」，言蕡蕡也。詳有字爲重文説。馬云：「古以華喻色，以實喻德。此魏人春華秋實之喻所本。」

兔罝

按：據莊子田子方篇稱文王欲寓政於臧丈人，而恐大臣父兄之弗安，乃託之於夢。疑當時在朝諸人，必有嫉賢害能之風，而閎夭、泰顛乃出自罝網之中，故序詩者以爲后妃之化也。

墨子尚賢篇云：「文王舉閎夭、泰顛於罝網之中。」此詩毛、鄭均不以爲比興。朱傳以爲興，非也。

芣 苢

采采芣苢。

傳云：「采采，非一辭也。」按：女人言多復，故言「采采」。

薄言采之。

釋名釋言語：「薄，迫也。單薄相逼迫也。」詩芣苢傳：「薄，辭也。」箋：「薄言，我薄也。」韓詩時邁：「薄，亂也。」詩時邁：「薄猶甫也。甫，始也。」詩「薄言」字屢見，有下連動詞者，如芣苢「薄言采之」「薄言有之」，柏舟「薄言往愬，逢彼之怒」，采芑「薄言采芑」，時邁「薄言震之」是也；有下連形容詞者，如采緑「薄言觀者」（傳：觀，多也）、駉「薄言駉者」是也。今謂：薄，普也，遍也，迫也。薄言，辭之迫，言非一辭也。如芣苢「采采芣苢，薄言采之」毛傳：「采采，非一辭也。」言盛多之芣苢相迫而遍采取之也。「薄言往愬」，上文「亦有兄弟，不可以據」。薄言往愬，言往愬者不一其處，相迫而徧愬之也。時邁「薄言震之，莫不震疊」，言侯國非一相迫而徧震之，則各國莫不震疊也。「薄言觀者」，上文兩言「維魴及鱮」，則「薄言觀者」猶言魚之相迫而如是其多也。駉「薄言駉者」下文云「有驈有皇，有驪有黄」，則言馬之相迫而如是其肥也。

漢廣

不可休息。

按：「息」當作「思」，釋文「本或作『休思』」可證。

翹翹錯薪，言刈其楚。

胡承珙毛詩後箋云：「詩中言娶妻者，每以析薪起興。如齊南山、小雅車舝及綢繆之『束薪』、豳風之『伐柯』，皆是。此言『錯薪』『刈楚』，已從昏姻起興。」

之子于歸，言秣其馬。

説文：「秣，食馬穀也。」箋云：「我願秣其馬，致禮餼。」按，釋文云：「牲腥曰餼。」

馬瑞辰傳箋通釋云：「鄭君箴膏肓據此謂：士妻始嫁，乘夫家之車。」是親迎必載婦車以往。秣馬，正載車以往之事。

汝墳

朱以爲賦，鄭以爲興。按：朱説是也。

遵彼汝墳，伐其條枚。

按，正義云：「大夫之妻，尊爲命婦而伐薪者，由世亂時勞，君子不在。」

惄如調饑。

傳云：「調，朝也。」按：調、朝同音假借。

首章望其歸，追溯其未歸以前而言。

不我遐棄。

即「不遐棄我」。正義云：「古之人語多倒。」

二章幸其歸。

三章勸其盡瘁國事，無遺父母憂，序文所謂「勉之以正也」。

此章朱子以爲比。按：朱説是也，因甚明顯也。

麟之趾

按：序所謂「關雎之應」者，即關雎傳所謂「夫婦有别，則父子親；父子親，則君臣正」也。續序者以爲真有麟應，而以無麟應爲衰世。上既言關雎之應，下文言衰世，文義不相應。箋本之爲説，尤爲無義。宜來張（逸）之疑也。

陸疏云：麟「游必擇地，詳而後處；不履生蟲，不踐生草；不群居，不侣行；不入陷阱，不罹羅網」。故先以麟趾起興。

麟之定。

馬云：「定即頂之假借。」今謂「定」，「題」之假借，支、青對轉也。定、頂、題皆定母雙聲。定，題也；題，目之所在。麟不履生蟲，不踐生草，具目極明。故左傳襄十四年服注亦以「視明禮修」爲麟應之徵。故以麟題爲興。

振振公姓。

公姓，公孫也。言「姓」者，叶「定」之韻耳。

召南

鵲巢

詩序：關雎言后妃之德，鵲巢言夫人之德。關雎以雎鳩之摯而有別興后妃，是爲事夫之德。鵲巢以鳲鳩之養子均一興夫子，是爲逮下之德。曹風鳲鳩傳云：「鳲鳩，秸鞠也。鳲鳩之養其子，朝從上下，暮從下上，平均如一。」箋：「興者，喻人君之德，當均一於下也。」韓詩言：「七子均養者，鳲鳩之仁也。」列女傳魏芒慈母傳：「慈母有三子，前妻之子有五人。八子親附慈母，雍雍如一。慈母率道八子各成於禮義。君子謂慈母一心。」據此，則毛傳所云「平均如一」，鄭箋所云「均一」之德，如此而已。關雎言后妃之德，鳲鳩言夫人之德，似有區別。實則凡爲女子，均應有此德，乃能爲正始之道、王化之基也。

維鳩方之。

傳云：「方，有之也。」案，釋文云：「一本無之字。」廣雅：「方，有也。」戴東原毛詩補注云：「古字房通用方。小雅『既方既皁』箋云：『方，房也。』方之，猶居之也。」今案：戴説意是而言未盡。説文：「房，室在旁也。」儀禮公食大夫禮注：「天子諸侯左右房。」「方之」者，傍室而左右居，以喻諸侯夫人之左右媵也。房本名詞而得訓居者，實字虚用例也。廣雅釋宮：「房，舍也。」

采蘩

于以采蘩。

楊遇夫先生云：于以，于何也。以得訓爲何者，以、台同聲字。書湯誓：「夏罪其如台？」史記易作「夏罪其奈何」。西伯戡黎「今王其如台」，史記亦易作「今王其奈何」也。

公侯之事。

國之大事，在祀與戎。祭祀之事，爲公侯之要事也。

被之僮僮。

箋云：「禮記：『主婦髲鬄。』」按，儀禮少牢注：「古者或剔賤者、刑者之髮，以被婦人之紒爲飾，因名髲鬄。」

草蟲

草蟲，大夫妻能以禮自防也。

按：生物之理，同聲相應，同氣相求。草蟲鳴，阜螽躍而從之。雖同類而異種，諒爲草蟲所不受。喻男女結婚而後，非其配偶，則雖有誘惑，亦不之從，古詩所謂「使君自有婦，羅敷自有夫」也。是之謂「能以禮自防」。毛、鄭均未能得其解。

朱子序辨云：「未見以禮自防之意。」今謂毛傳、鄭箋亦似不知以禮自防之意。魏默深詩古微云：草蟲，大夫妻懷其君子行役之詩也。亦欲在上知在下之勤勞焉……不當如傳箋以爲未嫁之女。」

亦既見止，亦既覯止。

覯亦見也。重言之者，如木蘭辭「問女何所思，問女何所憶？女亦無所思，女亦無所憶」也。

陟彼南山，言采其蕨。

朱傳云：「登山，蓋託以望君子。」杕杜「陟彼北山，言采其杞」箋：「託有事以望君子。」按：其說是也，而毛、鄭皆主大夫妻于歸，然言登山而采薇蕨，與于歸情事未洽。「言采其蕨」者，采其所欲得，以興「陟彼南山」「陟彼崔嵬」者，望其所欲見。朱以爲賦，鄭以爲興，鄭義爲長，但未得詩序「能以禮自防」之意。

采蘋

此詩當言女子將嫁時，在宗室舉教成之祭也。按：序說既云「大夫妻能循法度」，而毛、鄭皆舉在家之女子爲言，與序未合。

于以湘之，維錡及釜。

「湘」爲「亨」之變轉假借字，今亦作「烹」，普耕切。說文只作「亯」，許兩切，或許庚切。「湘」爲心母，「亨」「亯」均曉母，是爲變轉假借。

箋云：「亨蘋藻於魚湆之中。」按：湆，汁也，去急切。箋云「鉶羹之芼」，按：鉶，和羹之器〔一〕。

〔一〕器，嶽麓本作「意」，據鄭箋改。

于以奠之，宗室牖下。

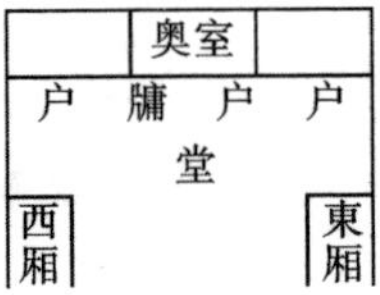

神主是設於奧的。

正義：「凡昏事皆爲與女行禮，設几筵於户外，取外成之義。今教成之祭，於户外設奠，此外成之義。」按，古制：女子將嫁，先嫁前三月有教成之祭，有臨嫁時女父醴女之禮。儀禮士昏禮記云：「父醴女而俟迎者，母南面於房外，女出於母左。」父母並戒之。此禮女之事也。按本詩，毛以爲教成之祭與禮女爲一，鄭以爲季女設羹，只得爲教成之祭，不得爲禮女，亦不得爲常祭。實則序云「大夫妻能循法度」，則既非教成之祭，亦非禮女，實通常祭禮也。正義引王肅以爲：「此篇所陳皆是大夫妻助夫氏之祭。采蘋以爲俎，設之於奧。奧即牖下。」孫毓以王爲長。朱傳亦云：「祭祀之禮，主婦主薦豆，實以俎醢。少而能敬，尤見其質之美。」

甘棠

蔽芾甘棠。

蔽，必袂切；芾，非貴切。上幫母，下非母，此爲類隔雙聲。

勿翦勿拜。

「拜」爲「拔」之同音假借。

行露

厭浥行露。

厭浥，影母雙聲。

謂行多露。

馬云：「凡詩上言『豈不』『豈敢』者，下句多言『畏』。本文『謂』字似亦訓爲『畏』。」按：謂，于貴切；畏，于謂切。聲近假借。

誰謂女無家，何以速我獄？雖速我獄，室家不足。

按：「家」謂家資也。禮檀弓「君子不家於喪」，即不資於喪也。書呂刑「毋或私家於獄之兩辭」，即毋或私資於獄之兩辭也。莊子列禦寇「單千金之家」，即單千金之資也。鄭箋謂「似有室家之道於我」，義太迂曲。古制：獄訟必先納貨賄於官，見之於周禮，可證。「室家不足」，謂室家之禮不足，即謂六禮不備也。周官媒氏文。

羔羊

周禮宗伯注云：「羔，小羊。取其群而不失其類。」儀禮士相見注云：「羔取其從帥，群而不黨。」今按，「群而不黨」即平均如一也，序以爲鵲巢之功所致者，取其公平正直，非取其節儉也。

素絲五紽。

傳云：「紽，數也。」按：「數」者，促數之數，非數目之數，禮雜記下注云：「紃，施諸縫中，若今時條也。」按此「紽」猶「絛」也，實即今之帶。古聲帶、蛇通借。莊子齊物論「蝍且甘帶」，即蜈蚣喜蛇之涎也。帶，端母；蛇，定母。傳云：「古者素絲以英裘。」

按，英，飾也。「素」者，取其潔白也。「絲」者，取其柔質也。

退食自公，委蛇委蛇。

委蛇，叠韻連語。傳云：「委蛇，行可從迹也。」按，漢書儒林傳：「谷永疏曰：『退食自公，私門不開。德配周、召，忠合羔羊。』」傳云「行可從迹」者，言行無委曲，即私門不開也。韓詩作「逶迤，公正貌」，意亦同。

素絲五緎。

緎，縫之界域。爾雅釋訓：「緎，羔羊之縫也。」

素絲五總。

干旄「素絲組之」傳曰：「總以素絲而成組也。」

殷其靁

呂氏讀詩記引朱子云：「閔之深而無怨辭，所謂勸以義也。」

殷其靁，在南山之陽。

馬云：「傳言『靁驚百里』〔一〕，蓋以雷聲之近而可聞，興君子之遠而難見。又云『山出雲雨，以潤天下』，蓋以靁有聲則雲雨興，以靁雨之相連，興夫婦之相依，與谷風傳云『陰陽和而谷風至，夫婦和則室家成，室家成而繼嗣生』，取興正同。故下接言『何斯違斯』。」

振振君子，歸哉歸哉。

既云「莫敢或遑」「莫敢遑息」，則所謂「歸哉歸哉」者，亦徒託諸想象而已。既言「在陽」，又言「在下」「在側」者，喻其君子輾轉無定也。

摽有梅

「摽有梅」，倒語，言梅有落者。

〔一〕毛傳作「靁出地奮，震驚百裏」，「靁」當作「震」，此誤引。

頃筐塈之。

傳云：「塈，取也。」按，「塈」爲「摡」之借字，廣雅：「摡，取也。」

迨其謂之。

馬云：「『謂之』爲『會之』之假借。按：會，黄外切，匣母；謂，于貴切，喻a。古音喻a讀同匣母，此古雙聲假借也。

小星

爾雅釋天：「咮謂之柳。」春秋緯元命苞曰：「柳五星。」

按，今柳八星。

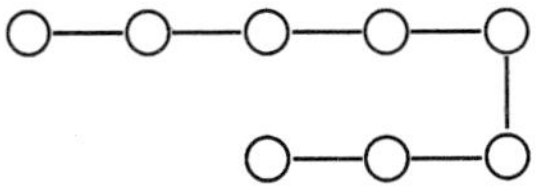
柳星

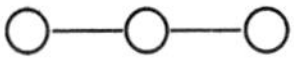
心星

按：禮昏義云：「天子之與后，猶日之與月、陰之與陽，相須而后成者也。」是天子比日，后比月，則以小星比象妾，宜也。

維參與昴。

按，昴，廣韻讀莫飽切，音丣（卯）。實當讀如留。昂從丣（酉）聲，不從丣（卯）聲也。

江有汜

傳云：「興也。決復入爲汜。」馬云：「『水決復入爲汜』者，正興媵之始見棄而終見收也。二章『江有渚』傳曰『水岐成渚』，亦喻始分而終合。蓋江遇渚則分，遇渚復合也。三章『江有沱』，傳：『江之别者』。按沱自江水溢出，終復合流於江，其取興亦同。」

不我過。

廣雅釋詁云：「過，責也。」「不我過」者，不以我爲過也。嫡不以我爲過，故我之始而悲嘯者，令乃歡歌矣。與前文「其後也悔」詞例不同而用意正同。

野有死麕

野有死麕，白茅包之。有女懷春，吉士誘之。

野有死麕，無知之物，包之尚須以潔清之白茅；以況懷春之女子，情感理智交相爲用，誘之必須良善之吉士，而可以强暴相陵乎？

傳云：「誘，道也。」按，吕記：「毛、鄭以誘爲道，儀禮射禮亦先有誘射，皆謂以禮道之。」

林有樸樕，野有死鹿，白茅純束，有女如玉。

樸樕之小物，死鹿之微物，取之歸者，不僅須包之以白茅，又須總束之以防失墜；以況比德如玉之女子，欲娶之歸者，必須情意交孚，又須六禮周備，而可以非禮相犯乎？

古昏禮以鹿皮爲禮，又詩言婚禮皆言析薪，故舉麕鹿、樸樕爲言。

舒而脱脱兮，無感我帨兮，無使尨也吠！

於是詩人代此女拒男云：「欲求昏者，須舒而脱脱，徐以禮來。」「無感我帨」，戒其强暴相陵，防己身之有玷也。「毋使尨也吠」，言毋令犬吠驚人，懼人言之多口也。此詩詞婉義正，真風人溫柔敦厚之教。

內則：「女子設帨於門右。」注：「帨，事人之佩巾也。」帨，生時設之；嫁時母爲結之。物雖微而禮至重，故以爲詞，謂禮不可犯也。

何彼襛矣

下王后一等。

注云：「下王后一等，謂車乘，厭翟、勒面、繢總。」按：勒面，馬面之飾；繢總，又著於馬勒者。

曷不肅雝，王姬之車。

鄭以「之」爲「往」，非是。詩形容人之敬和者，恒舉車服言之，如蓼蕭詩云「和鸞雝雝，萬福攸同」也。

平王之孫，齊侯之子。

朱傳云：「或曰平王即平王宜臼，齊侯即襄公諸兒。事見春秋。」傳云：「武王女，文王孫。」魏源詩古微云：「詩三百篇皆稱文王，何以獨易其稱曰平王？」

其釣維何？維絲伊緡。

朱傳云：「絲之合而爲綸，猶男女之合而爲昏也。」

玉篇：「惟，爲也。」「維何」之「維」，爲也；「維絲」之「維」，語詞。「伊」亦訓「爲」。馬云：「箋『以絲爲之綸』正以『爲』釋『伊』字。蓋伊爲語詞之維，亦讀同訓爲之惟。」今按：伊，影母；爲，喻a；維、惟，喻b；聲並相近。

騶虞

序言「鵲巢之應」者，言在上者惠下均平，則賢人樂爲之用，而掌鳥獸之官亦能仁心愛物也。關雎言摯而有别，則其子孫皆賢，故言麟趾爲關雎之應。鵲巢言平均惠下，則賢人衆多，故言騶虞爲鵲巢之應。

禮記射義：「騶虞者，樂官備也。」周禮鍾師：「王奏騶虞。」疏：「騶虞，天子掌鳥獸之官也。」鄭射義注：「『一發五豝』，喻得賢者多也。『吁嗟乎騶虞』，嘆仁人也。」文選魏都賦注：「古有梁騶。梁騶，天子獵之田曲也。」又賈誼新書禮篇云：「騶者，天子之囿也。虞者，囿之司獸者也。」據此，傳云「騶虞，義獸也」，非是。

彼茁者葭。

穆天子傳：「天子射鳥，有獸在葭中。七萃之士擒之以見天子。」是葭亦藏獸之區。

壹發五豝。

按，「壹發五豝」，五豝而一發也。倒文取韻。下章「壹發五豵」同。

吁嗟乎騶虞。

嘆虞人之能翼獸也。如依傳，騶虞爲仁獸，則與上文亦不貫。儀禮鄉射禮鄭注云：「『吁嗟騶虞』之言，樂得賢者衆多，嘆思至仁之人以充其官。」

邶風

柏舟

柏舟，言仁而不遇也。衛頃公之時，仁人不遇，小人在側。

此序當有所受。朱集傳云：「婦人不得於其夫，故以柏舟自比。」然云「微我無酒，以遨以游」，谷風及氓見棄之婦人尚不作此等語。

汎彼柏舟，亦汎其流。

傳云：「興也。」按：非，此當爲賦體。馬云：「古者臣之事君與婦之事夫，皆以堅貞爲首。故邶詩以柏舟喻仁人，而鄘詩共姜亦以柏舟自喻。」段云：「上汎謂汎汎，下汎當作泛。」「汎彼柏舟，亦汎其流」，與「毖彼泉水，亦流于淇」句調同。彼言泉水流於淇而我則不，柏舟汎其流而我亦同也。

又按：此二句是不寐時之隱憂之譬，彼舟流不知所届也。

我心匪鑒，不可以茹。

鑒，可以度他人之形。我心匪鑒，不可度他人之心。故雖兄弟亦不可依據也。

我心匪石，不可轉也。我心匪席，不可卷也。威儀棣棣，不可選也。

上四句言心志堅定，下二句言儀容美備，内外之稱其德如此。

覯閔既多。

覯，遇也。

寤辟有摽。

「辟」爲「擘」之借字。摽，説文、廣雅並云：「擊也。」「有摽」當讀爲重文，寤辟摽摽也。

日居月諸，胡迭而微。

廣雅：「迭，代也。」按：言日月至明，胡更迭而微，不照見我之憂思也？居，語辭。

如匪澣衣。

「匪」讀如「彼」，幫、非類隔雙聲。澣衣者，必煩勞。葛覃「薄汙我私」傳：「汙，煩也。」箋云：「煩，煩攦之。」釋文：「煩攦，猶捼莎也。」此言心之憂如浣衣之煩勞不定也。

不能奮飛。

若如三家言，貞女不二，何奮飛之有？

緑　衣

緑兮衣兮，緑衣黄裏。

馬云：「緑衣爲間色，以喻妾；黄爲正色，以喻妻。『緑衣黄裏』『緑衣黄裳』，皆以喻妾上僭，夫人失位。」

曷維其已。

「其」猶「可」也。其，群母；可，溪母；聲相近。

緑兮絲兮，女所治兮。我思古人，俾無訧兮。

按：先有絲，後染緑。故絲爲本，緑爲末，以喻嫡尊而妾卑也。本文言絲緑先後，皆女所治、女所知也。我思古人之定先後尊卑者，以告汝，欲使汝無訧也。

絺兮綌兮，凄其以風。

「其」猶「然」也，狀事之詞。馬云：「此喻夫人之失時。」

我思古人，實獲我心。

言我思古人之時序進退，不怨不尤，實獲我心也。上章以喻妾，此章自喻。此文猶小星言「實命不同」也。彼明言，此不明言者，彼代衆妾言，無嫌；此代夫人言，故隱而不露也。

燕燕

燕燕于飛，差池其羽。

左傳襄二二年注：「差池，不齊一。」差池不齊，以喻莊姜送戴嬀，一去一留。下章「頡頏」「上下」取興正同。

頡之頏之。

傳曰：「飛而上曰頡，飛而下曰頏。」段玉裁云：「上下二字互訛。頡之言抑，抑，下也，降也。頏之言亢，亢，高也，舉也。」按：頡、抑古音同衣入；頡、下、降匣母雙聲；亢、高、舉見母雙聲。

遠于將之。

猶言送之於遠也，倒文以取韻。

下上其音。

傳曰：「飛而上曰上音，飛而下曰下音。」馬云：「三章傳：『飛而上曰上音，飛而下曰下音。』以經文先下後上證之，傳二句亦互訛。」

其心塞淵。

傳曰：「塞，瘞。」按說文：「㥶，静也。」「静，審也。」

終温且惠。

王引之云：「終，既也。」

先君之思，以勗寡人。

戴嬀大歸，猶以先君是思，勗勉其夫人，真可謂「既温且惠」矣。

日月

日居月諸，照臨下土。

以日月之照臨，反喻己之失位也。

逝不古處。

按「逝」爲「誓」之假借。說文：「逝，往也……讀若誓。」此以讀若明假借之例。魏風碩鼠「逝將去女，適彼樂土」，韓詩正作「誓」。本文「逝不古處」，言誓不以故舊之情相處也。

胡能有定，寧不我顧。

寧，猶乃也。箋云：「寧猶曾也。」按，曾亦乃也。孟子公孫丑上趙注：「何曾猶何乃也。」

馬云：定，正也。「夫婦有定分，嫡妾有定位，皆正也。」

俾也可忘。

猶言「俾可忘也」，如定之方中「匪直也人」、野有死麕「無使尨也吠」，皆倒文取韻也。本文「出自東方」「東方自出」，亦同此例。

父兮母兮。

呼天呼父之意。

畜我不卒。

「畜」讀爲「好」，即言好我不終也。

報我不述。

傳云："述，循也。"按：不循正軌也。

終風

朱傳云："莊公之爲人狂蕩暴疾，莊姜蓋不忍斥言之，故但以『終風且暴』爲比。"又云："詳味此詩，有夫婦之情，無母子之意。若果莊姜之詩，則亦當在莊公之世，而列於燕燕之前。序説誤矣。"

終風且暴。

王引之云："終，猶既也。"如"終温且惠"。傳云"終日風爲暴"，非也。按：此喻莊公之狂蕩也。

謔浪笑敖。

"浪"爲"朗"之借字。爾雅舊注："浪，意朗也。"此即喜笑顔開之意。

莫往莫來。

時或"惠然肯來"，時或"莫往莫來"，言莊公之無定也。

寤言不寐，願言則嚏。

上「言」讀如「而」，下「言」讀如「焉」。言寤而不寐，思焉則嚏而不通也。下文言寤而不寐，思焉則傷於懷也。二子乘舟「願言思子」，言願焉思子也。「言」讀如「而」，聲之變轉。「言」讀如「焉」，安攝疊韻。詩大東「睠言顧之」，荀子宥坐篇作「眷焉顧之」。

擊　鼓

按：序言「怨州吁」者，怨其久用兵，而民不得遂其室家之情也。首章言其啓行時之怨望，次章言其屯戍時之愁苦，後二章託言其妻子遠道尋求與相敘説之辭。

爰居爰處，爰喪其馬。于以求之？于林之下。

此託言其家人見從役者久不歸，往而求諸戰地，故告以己軍屯駐之地。「爰」猶於是也；「于以」，於何也。

死生契闊，與子成説。執子之手，與子偕老。于嗟闊兮，不我活兮！于嗟洵兮，不我信兮！

此二章託爲其妻子求得與相敘説之辭。馬云：「契如契合之契，闊如疏闊之闊。『死生契闊』，猶言合離聚散也。『成説』，成言也。其夫乃慰其妻曰：當離別之時，死生契闊，曾與子有成言。當時執子之手，『與子偕老』，其言想猶能記憶也。今則時既久隔，不能與我常相會合；地亦絶遠，而不能與我常相親信，則亦徒爲傷嘆而已。」詩凡言「偕老」者，皆夫妻之詞。如云「君子偕老」「及爾偕老」「與子偕老」是也。箋云「從軍之士與其伍約」，大非。按：「活」爲「佸」之同聲假借字。説文：「佸，會也。」詩「君子于役，曷其有佸」，言隔絶以後不與我會合也。「洵」，言遠隔也，言不與我相親也。「洵」爲「夐」之借字，韓詩：「夐，遠也。」

凱風

有子七人，母氏勞苦。

朱傳云：「言寒泉在浚之下，猶能有所滋益於浚；而有子七人，反不能事母，而使母至於勞苦乎？」

雄雉

按：此詩賢者悔其仕於亂世而遭禍害也。序首語是渾舉之辭，續序數語與詩意不相應。

雄雉于飛，泄泄其羽。

以雄雉起興者，即論語「色斯舉矣，翔而後集」之意。首章言雄雉見其欲禍害之者，則鼓其翼，泄泄然而飛去；以反喻我之偷安於危亂之朝，終自遺以當前之阻難。箋云：君之行如是，我安其朝而不去……此自遺以是患難。」即此詩之本意。

雄雉于飛，下上其音。展矣君子，實勞我心。

此言雄雉下上其音，飛鳴自得，以喻見機而作之君子，故嘆羨之而實勞我心也。

瞻彼日月，悠悠我思。

猶言「日月逝矣，歲不我與」也。

道之云遠，曷云能來？

猶言「俟河之清，人壽幾何」也。晚出家語孔子引此說之云：「伊稽道，不其有道乎？」言望道而不之見也。

百爾君子，不知德行。不忮不求，何用不臧？

按：言「百爾君子，不知德行」，則已亦在其中也。不忮嫉他人之捷足先得，不貪求無足輕重之富貴功名，獨往獨來，超然高舉，何至「自詒伊阻」乎？首章及末章末二語，透露本意。諸家說皆非。

匏有苦葉

序非，惟首句是。賢者因君不良，故不得仕。

王云：「此賢者不遇時而作也。論語荷蕢諷孔子曰：『莫己知也，斯已而已矣。深則厲，淺則揭。』此衛人引衛詩，以明當隨時仕已之義，乃詩說之最古者。張衡應間云：『深厲淺揭，隨時爲義。』」

匏有苦葉，濟有深涉。深則厲，淺則揭。

匏，壺瓜，初生時葉可食，老則苦，不可食。匏葉至於苦已不可食，濟渡過於深則不可涉，以喻時世艱危，難於出仕也。

王云：「水深淺隨時，故厲揭無定。喻涉世淺深，各有時宜也。」

有瀰濟盈，有鷕雉鳴。

上句喻時危，下句喻躁進。又「鷕」當作以水切，釋文及朱傳作以小切，並因形近而訛。韻書收「鷕」於小韻，不收於旨韻，大誤。瀰、鷕，衣攝；濟、雉，衣攝；盈、鳴，嬰攝；下二句軌、牡亦幽攝。以其用韻之例，可證「鷕」當爲以水切也。

詩文以「有」字冠單詞形況字者，當讀爲重文。如擊鼓「憂心有忡」傳「憂心忡忡然」，谷風「有洸有潰」傳「洸洸，武也；潰潰，怒也」，静女「彤管有煒」箋「赤管煒煒然」，女曰鷄鳴「明星有爛」箋「明星尚爛爛然」。依例，本文「有瀰」即「瀰瀰」也，「有鷕」即「鷕鷕」也。

濟盈不濡軌，雉鳴求其牡。

傳云：「由輈以上爲軌。」王念孫云：「當作『由軸以上爲濡軌』，軌者，軸之兩端。」

當用「雄」字而用「牡」者，變文取韻例。王云：「水深濡軌則不濟，危邦不入之義；雉非其牡則不求，非君不事之義。」

雝雝鳴鴈，旭日始旦。士如歸妻，迨冰未泮。

此言婚禮當於冰泮之時，以喻仕進當在有爲之時。言「如」，者，假設之辭。言「迨」者，及事之辭。勸其及早出仕也。此託旁人勸進之言，即下章舟子所號召者。

招招舟子，人涉卬否。人涉卬否，卬須我友。

此目旁人雖招我以婚宦，我自有所懲懼，故託言待友以却之。王葵園云：「詩人明己目前不仕之故，待同心之友而後謀共濟也。」傳云：「卬，我也。」按，卬、我疑母雙聲。

谷風

習習谷風，以陰以雨。黽勉同心，不宜有怒。

習習之和風，而乃加以陰雨，反喻同心之人，豈宜互相怨怒？

采葑采菲，無以下體。德音莫違，及爾同死。

葑菲之美菜，無以其根莖有惡而棄之，以喻夫婦偕老之德音，無以其顔色有衰而違之。首章泛言夫婦之道。

行道遲遲，中心有違。

「有違」，言「違違」也。爾雅釋訓：「僾僾、洄洄，惛也。」説文引作「禮禮」，皆聲近通用。此文對句，故省。「違違」，蓋迷亂之意。此二句言其別時不忍分別之貌。

不遠伊邇，薄送我畿。

畿，限也，梱也。畿、限、梱均聲近。二章言其夫因新婚而見棄也。

涇以渭濁，湜湜其沚。

説文：「湜，水清見底也。」此二句言涇雖使渭濁，而渭水仍有清澈之沚，以喻己雖因新婚而見舊，而仍有持正不阿之德。王云：「衛地非二水所經，而詩人以之託興，蓋此女居涇渭之側而嫁於衛，故據昔所見言之也。」

不我屑以。

以猶與也，即「不屑與我」也，倒文取韻例。傳云：「屑，絜也。」按：非是。屑、絜古韻不同。

毋逝我梁，毋發我笱。

馬云：「發，開也。」按：梁、笱，此女子經營之產業，以詒後人者也。

我躬不閱。

禮記作「我今不閱」。按：今、躬雙聲。三章言其無意於室家之道。

就其深矣，方之舟之。就其淺矣，泳之游之。何有何亡，黽勉求之。凡民有喪，匍匐救之。

方、泳叶韻，舟、游叶韻，幽攝；亡、喪叶韻，鴦攝；求、救叶韻，小攝。黽勉雙聲，匍匐雙聲。

四章追思昔日治家之勤。

不我能慉，反以我爲讎。

說文引作「能不我慉」。能猶乃也，古音同。「能不我慉」，即乃不好我也。「慉」讀爲「慉」，好。孟子：「畜君何尤？畜君者，好君也。」按：畜、好曉母雙聲，「好」字與下「讎」字對文。

既阻我德，賈用不售。

言我有德於爾，爾反阻難我，如賣器用者之不得售價也

「售」爲「讎」之俗體，説文所無。上既用「讎」字爲韻，此乃改用以避復。

昔育恐育鞫，及爾顛覆。既生既育，比予于毒。

第一「育」字讀如易「婦孕不育」之「育」，第二「育」字讀如詩蓼莪「長我育我」之「育」，第三句則如詩「姜嫄……載震載夙，載生載育，時維后稷」之「育」。言其當生子之際，慮長養之道窮，今則既生既育也。古人以無子爲七出之一，故此文及之。

五章追言昔日之勤。

我有旨蓄，亦以御冬。

「亦」，對此而言彼也，此對下「以我」而言。

既詒我肄。

説文「䏌，習也。」重文作「䏌」，又作「肄」。此傳訓「勞」者，爲「勩」之同音借

字。小雅雨無正：「正大夫離居，莫知我勩。」傳：「勩，勞也。」此亦變文取韻例。「勞」之引申義爲憂。

伊余來塈。

王引之云：「來，詞之是也。」按：猶言不念昔者、維予是愛也。說文：「塈，仰涂也。」此爲「㤅」之同聲借字。「㤅」，惠也。重文作「㥶」，即今之「愛」字。

式　微

式微，黎侯寓於衛，其臣勸以歸也。

左傳宣十五年：「潞子奪黎氏地。」

旄　丘

何誕之節兮。

之猶其也。

馬云：「葛蔓生，必有所依倚而後盛，喻諸侯必有與國而後能相救。故二章即言『必有與』『必有以』。」

何多日也。

馬云：「以葛起興，春秋之交也。而後言『狐裘蒙戎』，則爲嚴冬。」

必有以也。

以猶與也。言其必有與國也。

匪車不東。

馬云：「匪、彼古通用。匪車不東，即彼車不東也。」

靡所與同。

言無與同力者。

瑣兮尾兮，流離之子。

朱傳云：「言黎之君臣，流離瑣尾，若是其可憐也。」

簡兮

方將萬舞。

馬云：「方將，二字連文。」「方將」猶方且也。

泉水

毖彼泉水，亦流于淇。

馬云：「詩意以泉水之得流於淇，興己之欲歸於衛。」

孌彼諸姬，聊與之謀。

按：諸姬，蓋其姪娣也。傳云：「聊，願也。」馬云：「願亦且也。」

出宿于泲。

馬云：「下章言宿、餞，而繼以『還車言邁』，是設爲思歸適衛之道也。此章言宿、餞，而繼以『女子有行』，是追憶其自衛出嫁之道也。」

女子有行。

左傳桓九年「凡諸侯之女行」，行即嫁也。

問我諸姑，遂及伯姊。

馬云：「追述其嫁時預知義不得歸，問於姑姊之詞。」

按：此章追憶其出嫁時道路及其情景。下章假設歸衛時道路及其情景。

我思肥泉，兹之永嘆。

馬云：「兹即滋也。『兹之永嘆』，猶棠棣詩『況也永嘆』，況亦滋也。説文：『滋，益也。』字通作兹。」

詩義蓋以肥泉之異流，興女之各嫁一方。然泉雖異流，終入於衛；女子有行，遂與衛決，又泉水之不若，故思之滋嘆耳。

以寫我憂。

説文：「寫，置物也。」

北門

謂之何哉！

戰國策齊策高注：「謂，猶奈也。」

王事適我。

「適」當爲「擿」，説文：「擿，投也。」

孔廣森云：「詩之語助詞不出支、之、魚、歌四部，如只、斯、之、而、哉、思、止、矣、忌、且、女、猗、兮、也、我，而無陽聲字。」

北風

馬云：「古以谷風、凱風喻仁愛，因以凄風、凉風喻暴虐。」

北風其凉。

傳疏云前二章以風雪喻政之威虐，末章赤狐、黑烏，喻衛國君臣並爲無道也。

惠而好我。

按，惠而，猶惠然也。

其虚其邪，既亟只且！

「邪」，一作「徐」。按：虚徐，委曲順從也。言此時尚可虚與委蛇乎？事已急矣！只且，助詞。上問下答。

莫赤匪狐，莫黑匪烏。

猶言一片黄茅白葦也。

王詩三家義集疏自序云：「詩有美有刺，而刺詩各自爲體：有直言以刺者，有微詞以諷者，亦有全篇皆美而實刺者。美一也，時與事不倫，則知其爲刺矣……然即以毛論，楚茨以下諸篇，毛以爲刺幽王者，篇中皆無刺義。」

静　女

序非。三家疏云：「此媵俟迎而嫡作詩也。」

愛而不見，搔首踟躕。

傳：「言志往而行正。」按「正」，岳珂本作「止」。

自牧歸荑，洵美且異。

陳奐疏云：「碩人……以茅之柔白狀碩人之手，而此亦以茅之潔白喻靜女之德。」

二子乘舟

二子乘舟，汎汎其景。

魯頌「憬彼淮夷」傳：「憬，遠行貌。」

不瑕有害。

猶言：該沒有什麼危險嗎？

馬云：「凡詩言『遐不眉壽』『遐不黃耇』『遐不謂矣』『遐不作人』，『遐不』猶言胡不，信之之詞也。易其辭，則曰『不瑕』。凡詩言『不瑕有害』『不瑕有愆』，『不瑕』猶云不無，疑之之辭也。」

鄘風

墻有茨

墻有茨，衛人刺其上也。公子頑通乎君母，國人疾之而不可道也。

左傳閔二年服注：「昭伯，衛宣公之長庶，伋之兄。」按：年或在四十左右，惠公當年十五六左右，宣姜當亦在年三十六左右。

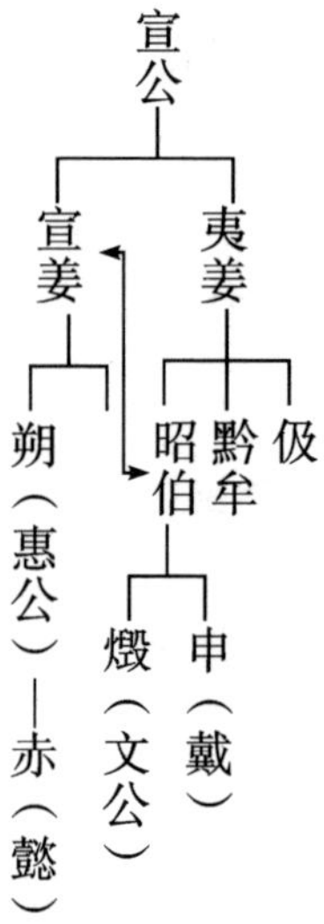

君子偕老

左傳閔二年：「初，惠公之即位也，少。齊人使昭伯蒸於宣姜，不可，强之。生齊子、戴公、文公、宋桓夫人、許穆夫人。」墻有茨、君子偕老、鶉之奔奔三詩，並詠其事。墻有茨熱嘲，本詩冷諷，鶉之奔奔痛詆。

君子偕老，副笄六珈。

王云：「『君子』謂宣公。詩言：夫人者，乃當與君偕至於老之人，娶必以正。今公要奪姜氏以爲夫人，雖服此小君之盛服，而德不足以稱之，則如之何？刺姜以惡公也。」箋下又云：「『人君』，小君也。或者『小』字誤作『人』耳。」「君子偕老」，是全篇之大宗旨。言與君子偕老，不宜有此盛服；若君薨以後，則夫人爲未亡人，當不稱兹盛服也。此意自在言外。

委委佗佗，如山如河。

按：即蘇東坡詩「端莊雜流麗」之意。

傳云：「委委者，行可委曲踪迹也；佗佗者，德平易也。」按，釋名：「步摇，上有垂珠，步則摇動也。」

象服是宜。

正義：「象鳥羽而畫之。」

王云：「言夫人必有『委委佗佗，如山如河』之德容，乃於象服是宜也。反言以明宣姜之不宜，與末句相應。」又云：「姜與伋雖未成昏，名分已定……新臺見要，宜以死拒，乃與公俱陷大惡。故詩人深疾之。」

子之不淑，云如之何？

王云：「子，子宣姜。」按：「不淑」即「不弔」也；不弔者，謂衛宣公薨也。正義云：「偕老者，謂能守義貞潔，以事君子。君子雖死，志行不變。」依此，則君子既卒，是子之不弔也。爲夫人者當如之何？亦惟素服終身而已。以起下文之不然。又按：淑、弔聲近。左傳哀十六年「旻天不弔」，周禮太祝先鄭注作「閔天不淑」。

玼兮玼兮，其之翟也。

指上文「子」言。「翟」爲「狄」之假借字。「狄」本益攝入聲字，「髢」爲阿攝字，而相韻者，是爲雙聲韻例。

鬒髮如雲，不屑髢也。

按：「不屑髢也」，不必要用假髮也，

玉之瑱也，象之揥也，揚且之皙也。

馬云：「『揚且之皙也』與上『玉之瑱也』『象之揥也』句法相類。呂覽音初篇高注：『之，其也。』此詩三『之』字皆當訓其，猶云『玉其瑱也』『象其揥也』『揚其皙也』。且，句中助詞。」按：「揚」如揚子雲反離騷「何必揚累之蛾眉」之「揚」。「且」爲「𡟥」之同聲假借字。説文：「𡟥，嬌也。」琴賦「或怨𡟥而躊躇」注：「𡟥，嬌也。」又幽憤詩「恃愛肆姐」，李注：「説文：『姐，嬌也。』」此文「揚且」亦「揚𡟥」也；「揚且之皙」亦即揚𡟥其皙也。

胡然而天也？胡然而帝也？

胡然，驚訝之詞，怪其當居喪之會而仍作無仙化人之狀也。按：翟，徒歷切；狄，徒歷切；髢，徒帝切；瑱，吐殿切；揥，勅帝切；天，他前切；帝，都計切；此等字皆形容衣飾之貌。

子之清揚，揚且之顏也。

目下視爲清，目上視爲揚，皆形容美目。揚且之顏，猶言揚嬌其顏也。

展如之人兮，邦之媛也。

王云：「齊姜，大國。與爲昏姻，是衛邦之援助。姜無母儀之德，今取其一端，或亦衛國之福。於無可稱美之中，强爲設詞。」故云「邦之媛也」。按：是詩作於齊人使昭伯烝於宣姜時，衛欲繫援大國，昭伯亦樂得而爲之，故成兹淫亂之行。云「邦之媛」者，正刺衛邦君臣不能自力圖强，而欲以淫亂之行爲求援之計。厥後惠公奔齊十年，卒賴齊人之力復入君衛，是宣姜、昭伯獸行之結果。結語極爲冷峭。

定之方中

匪直也人，秉心塞淵，騋牝三千。

王云：「也，詞也；人，謂民，承上句而言，文公夙篤勸農，於民事可謂盡美矣。抑非特於人然也……文公執心誠實深遠，政行化速，兼能使物産蕃庶。」

蝃蝀

蝃蝀在東，莫之敢指。

蝃蝀爲天地之淫氣。莫之敢指者，人有廉耻之心也。然則女子其可不待父母之命而私奔乎？

類聚引蔡邕月令章句云：「虹，螮蝀也，陰陽交接之氣著於形色者。常依陰雲而晝見於日冲，無雲不見，大陰亦不見。」

吕記云：「此詩及泉水、竹竿詞同而意不同。此詩蓋國人怨淫奔者，言女子終當適人，非久在家者，何爲而犯禮也？泉水、竹竿蓋衛女思家，言女子分當適人，雖欲常在父母兄弟之側，有所不可得也。一則欲常居家而不可得，一則欲亟去家而不能得，其善惡可見矣。」黄氏佐曰：「泉水、竹竿言不可犯義而歸，此言不可犯義而行也。」

女子有行，遠父母兄弟。

田問詩學曰：「『女子有行』二句，似是當時陳語，故多引用之。猶言女生外向，本非父母兄弟之所能留，但宜守正待聘，何至於奔耶？」

朝隮于西，崇朝其雨。

朱傳云：「淫慝之氣有害於陰陽之和也。」

載馳

列女傳云：「許穆夫人者，衛懿公之女，許穆公之夫人也。初，許求之，齊亦求之。懿公將與許。女因其傅母而言曰：『古者諸侯之有女子也，所以苞苴玩弄，繫援於大國也。今者許小而遠，齊大而近。若今之世，强者爲雄。如使邊境有寇戎之事，維是四方之故，赴告大國，妾在不猶愈乎？今舍近而就遠，離大而附小，一旦有車馳之難，孰可與慮社稷？』衛侯不聽，而嫁之於許。其後翟人攻衛，大破之，而許不能救。衛侯遂奔走涉河，而南至楚丘。齊桓往而存之，遂城楚丘以居，衛侯於是悔不用其言。當敗之時，許夫人馳驅而弔唁衛侯，因疾之而作詩，云『載馳載驅……我思不遠』，君子善其慈惠而遠識也。」

韓詩外傳云：「高子問於孟子曰：『夫嫁娶者，非己所自親也。衛女何以得編於詩也？』孟子曰：『有衛女之志則可，無衛女之志則怠。夫道二，常之謂經，變之謂權。懷其常道而挾其變權，乃得爲賢。夫衛女行中孝，慮中聖，權如之何？詩曰：既不我嘉，不能旋反。視我不臧，我思不遠。』」

載馳載驅，歸唁衛侯。

王云：「泉水箋：『國君夫人父母在則歸寧，没則使大夫寧於兄弟。』又禮雜記云：『婦人非三年之喪不逾封，如三年之喪，則君夫人歸。』繁露玉英篇：『婦人無出境之事，經禮也；奔喪父母，變禮也。』是國君夫人父母既没，惟奔喪得歸，没遂不復歸也。懿公死於兵亂，觀吕覽宏演納肝事，知戴公倉卒廬漕，亦未能成葬禮，夫人之歸，不能以奔喪爲詞，則疑於歸寧兄弟，此許人所爲執禮相責也。故夫人作詩曰：我之馳驅而歸，乃弔衛侯之失國，非寧兄弟比。宗國破滅，此不恒有之變，既不能救，義當往唁。當時未有此禮，而夫人毅然行之，雖不合於常經，亦天理人情之正，故孟子以爲權而賢者。

既不我嘉，不能旋反。視爾不臧，我思不遠。

王云：「爾，爾衛國……夫人既言跋涉心憂，追念前請於衛君事，言我所以請嫁於齊者，爲欲繫援大國。我之謀至嘉美也。既不我嘉，衛果遁逃而不能旋反其舊都，當自己視爾衛國不臧善也，我之思慮豈不深遠乎？列女傳引上章及此四句，以證夫人之遠識。思遠，即遠識也。」

既不我嘉，不能旋濟。視爾不臧，我思不閟。

王云：「濟，渡也。閟與秘同，密也……夫人又言：既不我嘉，果奔走渡河而不能旋濟，當日視爾不臧，我之思慮豈不周密乎？」

陟彼阿丘，言采其蝱。

徐鍇説文繫傳云：「本草：貝母一名莔，根形如聚貝子。安五藏，治目眩、項直不得返顧。故許穆夫人思歸衛不得而作詩曰『言采其莔』也。」

許人尤之，衆稚且狂。

王云：「女子多思念其父母之國，如泉水、竹竿皆然。夫人自明我之思歸，與它女子異，亦各有道耳。而許人例以常情，責以常禮，是稚且狂也。」

我行其野，芃芃其麥。

胡承珙云：「狄滅衛在閔二年冬，非麥蝱之候，不宜取非時之物而漫爲託興。衛侯似指文公爲近。」王云：「夫人行野賦詩，其夏正之二三月，而魯僖元年四五月間事，與左傳言齊侯使無虧戍曹，亦必在僖元年。故下言『控于大邦』云云。若齊已遣戍，夫人不爲是言矣。」

大夫君子，無我有尤。

王云：「服虔注左傳云：『言我遂往，無我有尤也。』是夫人竟往衛矣。或疑夫人以義不果往而作詩。今按『驅馬悠悠』『我行其野』，非設想之詞，服説是也。如夫人未往，涉念即止，烏有舉國非尤之事？若既已前往，則必告之許君而決計成行，亦無忽畏謗議、中道輒反之理。惟其違理而歸，許人皆不謂然，故夫人作詩自明其行權而合道，且其憂傷宗國，感念前言，信外傳所謂『行中孝、慮中聖』者矣。」

衛風

碩人

碩人，閔莊姜也。莊公惑於嬖妾，使驕上僭。莊姜賢而不答，終以無子，國人閔而憂之。

按：此詩雖閔莊姜，實追述其來歸之始。王葵園云：「詩但言莊姜族戚之貴，儀容之美，車服之備，媵從之盛，其爲初嫁時甚明。」今謂美其初，正所以閔其後也。

碩人其頎，衣錦褧衣。

王云：「古人『碩』『美』二字爲贊美男女之統詞，故男亦稱『美』，女亦稱『碩』。若泥『長大』『大德』爲言，則失之矣。」又云：「襌衣不重，以苘爲之，仍微見在内之衣，故謂之褧。褧，從耿聲，亦兼會意。」

東宮之妹，邢侯之姨，譚公維私。

疏云：「謂吾姨者，吾謂之私。邢侯、譚公皆莊姜姊妹之夫，互言之耳。」

按，第一章言莊姜族戚之貴。

螓首蛾眉。

揚雄反離騷：「何必颺纍之蛾眉。」顔注：「形若蠶蛾。」王云：「眉以長爲美，蠶蛾眉角最長，故以爲喻。」

按，第二章言儀容之美。

碩人敖敖，説于農郊。

説，舒芮切，審母。襚，徐醉切，邪母。今聲同爲齒音。故鄭箋云：「説，當作襚。」

釋文：「説，本或作稅，舍也。」王云：「夫人入境，稅於此以待郊迎。」按：當從釋文之説，鄭以更衣釋説，失之。

四牡有驕，朱幩鑣鑣，翟茀以朝。

「有驕」，猶驕驕也。依下句「朱幩鑣鑣」爲重文，可證。

説文：「幩，馬纏鑣，扇汗也。」按：幩以纏於鑣上，行則飄揚，若爲馬扇汗然，故又名扇汗。説文：「鑣，馬銜也。」茀、蔽聲相近。巾車賈疏：「凡言翟者，皆謂翟鳥之羽，以爲兩旁之蔽。」王云：「以朝者……夫人初見，有朝見國君之禮。」

大夫夙退，無使君勞。

傳云：「大夫未退，君聽朝於路寢。」

按：路寢，大寢也。

第三章言車服之備。

庶士有朅。

本文全章皆重文，知「有朅」亦重文，猶言「仡仡」也。「仡仡」見書秦誓。傳云：「庶士，齊大夫送女者。」按，左傳桓三年云：「凡以女嫁於敵國公子，則下卿送之。」按：

此章言初嫁時媵從之盛，正以形容今日之長門寂寞、不見答於莊公也。

第四章言媵從之盛。

氓

氓之蚩蚩，抱布貿絲。

「蚩」爲「蚩」之同聲假借字。説文：「蚩蚩，戲笑貌。」本爲「蚩蚩之氓」，此倒文以取韻例。傳云：「布，幣也。」按，取其廣布也。

將子無怒，秋以爲期。

箋云：「將，請也。」按，「將」爲「請」之雙聲假借，同齒音。

第一章：始約。

爾卜爾筮，體无咎言。

爾，女子爾其夫也。女子言：我卜爾筮爾宜其爲室家與否，而兆卦之繇皆無凶辭也。

箋意未合。

第二章：踐約。

桑之未落，其葉沃若。

沃，言其葉如水沃也。沃，用水洗也。

無與士耽。

耽非禮之樂也。

第三章：萌悔。

淇水湯湯，漸車帷裳。

按：此二句喻言己之湛於爾，猶車帷裳之漸於湯湯之淇流而不能自振拔也，故下接云「女也不爽，士貳其行」也，與末章「淇則有岸，隰則有泮」語意相類。

第四章：見疏。

靡室勞矣。

言不以室事爲勞也。

靡有朝矣。

言無日不然也。

言既遂矣。

雨無正傳：「遂，安也。」言我既安然爲汝婦矣。説文：「㒸，從意也。」

第五章：見棄。

及爾偕老。

總角時之誓言也。

淇則有岸，隰則有泮。

此二句喻言淇與隰尚有泮岸以爲障原，而我則譬彼舟流不知所届也。

總角之宴。

「宴」，安也。

不思其反。反是不思，亦已焉哉！

今按：「反」讀爲「翻」，猶言翻變也。言當言笑矢誓之時，不思後此有此翻變也。既反是不思矣，惟有兩情決絶也。

馬瑞辰傳箋通釋云：「反是不思，即迭上『不思其反』，變文以叶下『哉』字耳。」

按：此如大雅文王「侯于周服」「侯服于周」例，皆變文以取韻例。

第六章：決絶。

芄蘭

雖則佩觿，能不我知。

王引之云：「能，當讀爲『而』。『雖則』之文，正與『而』字相應；言童子雖則佩觿，而實不與我相知也。」按：不我知，不知我也。

伯兮

甘心首疾。

甘，苦也。甘心首疾，猶言痛心疾首也。言「首疾」者，倒文以取韻也。

木瓜

木瓜，美齊桓公也。衛國有狄人之敗，出處於漕，齊桓公救而封之，遺之車馬器服焉。衛人思之，欲厚報之，而作是詩也。

賈子新書禮篇引爲以下報上之義。

王風

君子于役

雞棲于塒，日之夕矣，羊牛下來。

班彪北征賦：「日晻晻其將暮兮，覩牛羊之下來。寤怨曠之傷情兮，哀詩人之嘆時。」

曷其有佸。

毛傳：「佸，會也。」韓詩：「佸，至也。」廣雅：「會，至也。」

君子陽陽

左招我由房，右招我由敖。

「由」讀如「遊」，「房」讀如「放」。「由房」即「遊放」也，「由敖」即「遊遨」也。

揚之水

彼其之子。

按：「彼其之子」，常指諸侯而言。

兔爰

有兔爰爰，雉離于羅。

馬云：「狡兔，以喻小人；雉，耿介之鳥，以喻君子。『有兔爰爰』以喻小人之放縱，『雉離于羅』以喻君子之獲罪。」

有兔爰爰，雉離于罦。

馬云：「古者，掩雉、兔之網可以同用。詩蓋言縱兔取雉，以喻王政之不均也。」

尚寐無聰。

黄氏日鈔云：「人寤則憂，寐則不知，故欲無吪、無覺、無聰，付理亂於不知耳。」

鄭風

緇衣

緇衣之宜兮。

諸侯入爲王卿士，視私朝之正服。至於公朝之服，宜爲皮弁服。

適子之館兮，還，予授子之粲兮。

「館」爲九卿治事之公朝。適，之公朝；還，還私朝。

將仲子

朱傳引莆田鄭氏云：「此淫奔者之詞。」今按，此詩人感於君國之事，託爲男女之詞。鄭樵、朱子所云，皆孟子所謂以辭害志者也。

無折我樹杞。

前託爲莊公拒仲之言。馬云：「杞本大而難伐，喻段之大而難制也。」

無折我樹桑。

王云：「傳：『桑，木之衆也。』蓋以比段之得衆。」

無伐我樹檀。

王云：「檀以比段之恃强，所謂『多行不義』也。」

叔于田

王云：「武姜溺愛，莊公縱惡，寵異其號，謂之京城大叔。從叔於京者，類皆諛佞之徒，惟導以畋遊飲食之事，而國人亦同聲貢媚。詩之所爲作也。」

大叔于田

孔疏：「叔負才恃衆，必爲亂階，而公不知禁，故刺之。」

戒其傷女。

王云：「『戒其傷女』者，衆愛而戒之。」

兩服上襄，兩驂雁行。

呂覽愛士篇高注：「四馬車，兩馬在中爲服。」上，猶前也。胡承珙云：「兩服在前駕軛，與兩驂在後雁行者文義相對。」

乘乘鴇。

釋文：「鴇音保，依字作鴇。」

清人

駟介旁旁。

「駟介」，馬被甲者。

羔裘

王云：「此詩言古君子立朝之義。」

洵直且侯。

下文「邦之司直」應此「洵直」，「邦之彦兮」應此「侯」美。左傳：「楚公子美矣君哉！」

舍命不渝。

胡承珙云：「舍猶釋也。」按：猶言舍命不變也。

遵大路

朱傳以此詩爲男女相悦之辭，亦以辭害意也。

不寁故也。

傳：「寁，速也。」陳奂云：「速，召也；故，故舊也。」今按，速猶接也。

不寁好也。

好，愛好也。

女曰鷄鳴

朱傳：「此詩人述賢夫婦相警戒之辭。」按此「女」即有德者，不此之好，是不悦德，故陳古禮以刺之。

子興視夜。

王云：「子謂君子，自此以下皆女謂士之詞。」

弋言加之，與子宜之。

朱傳：「史記所謂以微弓弱繳加諸鳧雁之上是也。」「言」讀若「而」，「宜」猶言調和也。

琴瑟在御，莫不静好。

「琴瑟」乃與賓客燕飲之樂器。按：琴瑟以喻賓主，言其和好也。關雎「琴瑟友之」，亦取其和也。上言夫婦和樂，下言賓主燕樂也。御，侍也。「琴瑟在御」猶言琴瑟當用也。

知子之來之。知子之所招來之有德者。

知子之順之。知子之所順從之有德者。

知子之好之。知子之所愛好之有德者。

有女同車

德音不忘。

王云：「宋呂祖謙讀詩記引長樂劉氏云：『德音，謂齊侯請妻之音，鄭人懷之不能忘也。』蓋忠於昭公者憫其失大國之援，懼將來之不安其位，而益追想齊侯之德音爲不可忘耳。」

山有扶蘇

乃見狂且。

按：「且」讀爲「嫭」，狂且猶言狂驕也。「狂且」與下「狡童」對文，知「且」不爲語詞。

山有橋松。

王云：「山、隰，亦高下合宜之比。」

不見子充。

王云：「子都謂容貌之美，子充謂性行之美也。」

蘀　兮

叔兮伯兮，倡予和女。

按「倡」字微逗，呼伯叔云：女倡，予且將和女也。「叔兮伯兮」，託爲君喚臣也，君弱臣强之形如見。

狡童

毛傳曰：「昭公有壯狡之志。」按山有扶蘇詩「狡童」與「子充」對文，則「狡童」當爲不美之名。傳說殊可疑。

褰裳

狂童之狂也且。

按此「且」亦讀如「𡟯」，驕也。

豈無他士。

稱「士」者，託爲士女之詞。

丰

駕予與行。

「駕」字微逗。按前二章言不送、不將，後二章既有衣裳，則駕予與歸，以刺嫁娶之不備六禮者，與行露詩「室家不足」用意略同。箋謂「志又易也」，失之。

東門之墠

東門之墠，茹藘在阪。

墠之言坦，阪猶險也。上句言平坦，下句言艱險，以喻下文好禮則近，失禮則遠。

其室則邇，其人甚遠。

王云：「其室，謂善人居室，即在東門，非不邇也。其人，謂善人以禮自持，甚覺其遠。淮南説山訓：『行合趨同，千里相從；行不合，趨不同，對門不通。』高注：『詩所謂室邇人遠。』」

東門之栗，有踐家室。

「栗」，行上栗。「有踐家室」，「有踐」猶「踐踐」，行列貌。此女子自言其家室甚整潔。韓詩「踐」作「靖」，善也。言東門之外，栗樹之下，有好人家可與成爲家室也。

豈不爾思，子不我即。

「子不我即」，婚姻之禮，男先女，女從男。望其以禮來迎己也。

風雨

風雨如晦，鷄鳴不已。

呂光遺楊軌書云：「陵霜不彫者松柏也，臨難不移者君子也。何圖松柏彫於微霜，而鷄鳴已於風雨！」

子衿

青青子衿，悠悠我心。

箋云：「學子而俱在學校之中，己留彼去，故隨而思之。」依文義，「己留彼去」疑當作「彼留己去」。

子寧不來。

「不來」言不來訊我也。

挑兮達兮，在城闕兮。

大東「佻佻公子」傳：「獨行貌。」王云：「並謂其避人遊蕩，獨往獨來也。」「闕」者，馬云：「古者城闕其南方……城闕即南城闕處耳。」此章學子自述其獨往獨遊於城南，而發生孤陋寡聞之感也。

出其東門

按詩序「公子五争」以下諸語與前後無關。朱傳云：「是時淫風大行，而其間乃有如此之人，亦可謂能自好而不爲習俗所移矣。」王云：「詩乃賢士道所見以刺時，而自明其志也。」

聊樂我員。

正義：「員、云古今字，助句辭。」釋文：「員，韓詩作魂，神也。」王云：「此自言其妻子得用情之正，故云『聊樂我魂』……人悲則神傷，樂則神安，故韓詩以魂爲神。」

有女如荼。

「荼」，取衆多義。

匪我思且。

按，「且」讀如「徂」。釋詁：「徂，存也。」以相反爲訓也。

野有蔓草

野有蔓草，思遇時也。君之澤不下流，民窮於兵革，男女失時，思不期而會焉。

按：野有蔓草借朝露之盛以喻清揚之美，猶蓼蕭以零露喻君子，湛露以露盛喻諸侯也。朱傳謂男女相遇於野田草露之間，則以辭害志者也。毛公云興，朱子云賦，朱傳誤也。序文下四句與大序不相應。「思遇時」猶言思賢也，此序當從王説。王云：「遇時之思，蓋因兵革不息，民人流離，冀覯名賢以匡其主，如齊侯之得管仲、秦伯之得百里奚耳。」

清揚婉兮。

按：目下視爲清，上視爲揚，「清揚」猶言顧盼也。

婉如清揚。

婉如，猶婉然也。

溱洧

士曰既且。

「且」讀如「徂」，釋詁：「徂，往也。」

女曰觀乎？

詩可以觀，如觀民風之觀。

伊其將謔。

朱傳：「將當作相，聲之誤。」馬云：「將謔猶言相謔也。尚書大傳：『義伯之樂舞將陽。』『將陽』即『相羊』之假借。」

齊風

鷄鳴

鷄既鳴矣，朝既盈矣。

夫人之言。

匪鷄則鳴，蒼蠅之聲。

君答。

東方明矣，朝既昌矣。

夫人言。

匪東方則明，月出之光。

君言。

蟲飛薨薨，甘與子同夢。

此託爲夫人戒君子之詞。

會且歸矣，無庶予子憎。

馬云：「爾雅：『庶，幸也。』大雅抑詩『庶無大悔』傳：『庶，幸也。』『無庶』即『庶無』之倒文。」朝會既歸，卿大夫憎惡於子。子既受憎，則且轉嫁憎惡於我矣。故云「庶無予子憎」。

著

尚之以瓊華乎而。

馬云：「尚之即加之。」

東方之日

案：此爲淫奔者之詩，設爲女子之詞。

東方之日兮，彼姝者子，在我室兮。

以日月之始出，興男子之美好。「彼姝者子」指男子言。「我」，我女子。

履我即兮。

履，躡也。我，女子自我。履我即兮，言躡我則就之也。

東方之月兮，彼姝者子，在我闥兮。

神女賦云：「其少進也，皎若明月舒其光。」上章言日、下章言月者，言日出始來入我室也，我與之相就，月出則去，至門内，我與之偕奔。

履我發兮。

言躡我則與之俱發也。

東方未明

東方未明，顛倒衣裳。顛之倒之，自公召之。

王召人臣入朝，雖當急遽時，亦必整肅衣裳，無任其上下顛倒之理，詩特極端形容之語耳。

折柳樊圃，狂夫瞿瞿。

折柳樊圃，狂夫猶爲之驚顧，以反喻興居無節，雖賢者亦有失威儀也。

南　山

魯道有蕩。

有蕩猶蕩蕩也。

葛屨五兩，冠緌雙止。

王云：「婚姻禮物，取義兩雙，不容雜厠者，顯以示人，自含深意。」

齊子庸止。既曰庸止，曷又從止。

君子陽陽傳：「由，用也」。本文「庸，用也」。「庸」即「由」之雙聲借字。爾雅釋詁：「由、從，自也。」言既由此道以來魯，曷又從此道以來齊乎？

衡從其畝。

坊記注：「衡從遊行，治其田也。」

既曰告止，曷又鞠止。

十月之交：「日月告凶」，劉向封事引作「鞠」。「鞠」爲「告」之雙聲借字。詩采芑「陳師鞠旅」之「鞠」，傳箋並訓爲「告」。言既告，何須再告也？下言「鞠」者，變文以取韻也。

曷又極止。

儀禮大射儀注：「極，猶放也。」孟子「殛鯀於羽山」亦作「極」，放流之也。

甫田

總角丱兮。

王云：「方見總角，突然加冠，言襄公以童稚無知之人，忽有求諸侯之大志也。」「丱」象兩角之貌，傳訓「幼稚」，不若訓「總角貌」爲善。

未幾見兮。

「未幾見兮」猶云「見未幾兮」，此倒文以取韻。箋云「見之無幾何」，亦順文爲説。

盧令

盧令令，其人美且仁。

王云：「其人，謂古賢君有德，而又能行仁政。」

其人美且鬈。

言既有美德，又有美容。

載驅

齊子豈弟。

釋言：「愷弟，發也。」孔疏、舍人、李巡、郭璞皆云：「闓，明；發，行。」今按：愷悌叠韻連語。正義言「發夕」，謂初夜即行，此言「闓明」，謂侵晨而行也。

行人彭彭。

案「行人」者，序所謂「播其惡於萬民」也。

猗嗟

抑若揚兮。

按：「抑若」猶「抑然」也。「揚」，玉篇阜部引作「陽」，讀如莊子人間世「以陽爲充」之「陽」。「抑若揚兮」，言雖自謙退，彌見軒昂也。

射則臧兮。

臧，善也。胡承珙云：「射人：『以射法治射儀。』淮南俶真訓：『善射者有儀表之度。』

泰族訓：『射者數發不中，人教之以儀，則喜矣。』」

猗嗟名兮，美目清兮。

爾雅釋訓注：「名，眉眼之間。」王云：「瞻視清明，其美自見。」

以禦亂兮。

能禦四方之亂，不能復君父之仇。此其所以見刺於齊人也。

魏風

葛屨

按：此詩據列女傳魯秋潔婦傳引詩末二語，則是刺女子之有偏心者。蓋借女子嫉妬之心，以刺在上位之妬賢蔽能也。序义與後三語無關。

摻摻女手。

「女」，蓋其妾媵也。

好人服之。

「好人」，其君夫人也。此「服」如「服之無斁」之「服」。

宛然左辟。

朱傳：「宛然，讓之貌也。」讓而避者就左。

維是褊心，是以爲刺。

「維是褊心」，「是」指女子之有褊心者，所謂「褊心」則指妬忌之心。前章言妾媵之勤儉，二章言君夫人習於儀容，末二句是刺褊之本意。

汾沮洳

魏源云：「此詩據外傳之言，蓋嘆沮澤之間，有賢者隱居在下，采蔬自給，然其才德實出乎在位公行、公路之上，故曰雖在下位而自尊，超乎其有以殊於世。」

美如英。

馬云：「英當讀如『瓊英』之英，『如英』猶云『如玉』，變文以協韻耳。」

園有桃

其實之殽。

「之」，是也。

不知我者，謂我士也驕。

王云：「言不知我心懷憂者，聞我居位而歌謡，反謂我爲驕慢。」按「謂我士也驕」，倒文，與「匪直也人」同例。

彼人是哉，子曰何其。

彼人果是哉？子之意何居？兩句皆問語。

蓋亦勿思。

王云：「蓋，何不也。何不勿思，强自解説之辭也。」

十畝之間

十畝之間兮，桑者閑閑兮。

馬云：「公羊宣十五年何注：民各受公田十畝，又廬舍各二畝半。」閑閑，寬閑也。

行與子還兮。

漢書揚雄傳注：「行，且也。」

碩　鼠

逝將去女。

「逝」爲「誓」之同聲假借字，或解作助詞者，非。説文：「逝，讀若誓。」以「讀若」明假借也。小雅杕杜：「期逝不至，而多爲恤。」易林益之鼎作「期誓不至，室人銜恤。」言家書之到，約期設誓，以爲必至而竟不至，使我每爲憂也。此「誓」「逝」通作之證。

誰之永號。

猶言「誰其永號」。

唐風

蟋蟀

職思其居。

馬云：「職，尚也。尚，庶幾也。」

揚之水

揚之水，白石鑿鑿。

陳奐云：「白石喻桓叔。白石之鑿鑿，由於水之激揚；桓叔之盛强，實由於昭公之不能修道正國。」

我聞有命，不敢以告人。

王云：「謂昭公有征討曲沃之命，不可告人，懼以漏師獲咎也。」

綢繆

綢繆，刺晉亂也。國亂則婚姻不得其時焉。

此詩即杜詩新婚别所本，自來未得其解。序以爲刺亂，甚當。

綢繆束薪，三星在天。

「綢繆束薪」，新婚之事；「三星在天」，新婚之時。

今夕何夕，見此良人。

「良人」，女子之夫也。「今夕何夕，見此良人」，慶幸之詞。

如此良人何？

所謂「暮昏晨告别，無乃太匆忙」。按，此章婦言。

見此粲者。

朱傳云：「粲，美也。」男子謂其女也。

如此良人何？如此粲者何？

言時危世亂，恐有離別之苦。

杕杜

其葉湑湑　其葉菁菁

馬云：「湑湑、菁菁，皆言葉盛。杜雖孤特，猶有葉以爲蔭庇。以杜之特喻君，以葉之茂喻宗族，興今之獨行無親，爲杕杜不若也。」

羔裘

自我人居居。

荀子子道篇：「子路見孔子，孔子曰：『由，是裾裾，何也？』」楊注：「裾裾，衣服盛貌。」

維子之故。

馬云：「故舊謂之故，能愛好故舊之人亦謂之故。維子之故，猶言維子之好也。」

鴇羽

王事靡盬，不能蓺稷黍。

爾雅：「苦，息也。」盬與苦通。言王事靡有止息。潛夫論愛日篇云：「言在古閒暇而得行孝，今迫促不得養也。」

葛生

予美亡此。

馬云：「少儀『有亡而無疾』鄭注：『亡，去也。』『亡此』猶云『去此』，又如俗云不在此耳。」

誰與獨處？

言誰與乎？獨處而已。

葛生蒙棘，蘞蔓于域。

馬云：「葛蘞延於松柏，則得其所，猶婦人隨夫榮貴。今詩言『蒙楚』『蒙棘』『蔓野』『蔓域』，蓋以喻婦人失所，隨夫卑賤，至於『予美亡此』，則求貧賤相依而不可得矣。」

角枕粲兮，錦衾爛兮。

按：「角枕」「錦衾」與齊祭無關，傳、箋説非。

誰與獨旦？

獨旦，獨處至旦也。

采苓

采苓采苓，首陽之顛。

馬云：「詩言『隰有苓』，是苓宜隰不宜山之證……詩言采於首陽者，蓋設爲不可信之言，以證讒言之不可聽，即下所謂『人之訛言』也。」

秦風

車鄰

並坐鼓瑟。

「並」，併也。然「併」之言皆。

駟驖

遊于北園。

陳奐云：「遊亦田也，古者田在園囿中。北園，當即所田之地。」

載獫歇驕。

王云：「依西京賦薛注，載是載於車。」

小戎

鋈以觼軜。

猶言「軜觼以鋈」，倒文以取韻耳。

虎韔鏤膺，交韔二弓。

傳云：膺，馬帶也。

王云：「詩上言『虎韔』，下言『交韔二弓』，不應中及馬帶，傳說非也。」

蒙伐有苑。

傳：「蒙，討羽也。」胡云：「蒙與尨同訓覆……傳訓蒙爲討者，猶訓蒙爲尨，討羽猶言尨羽也。」今按：「討」爲「翿」之假借。古「翿」作「翢」，凡字從「𠷎」聲者可借爲「討」。說文「敨」，周書以爲「討」，是其類也。「翿」爲翳羽，故鄭以爲「畫雜羽之文」。蒙覆與尨覆同義，故「蒙」訓「翿」，借爲「討」字。胡氏又云：「蒙亦有雜義……儀禮鄉射記：『旌各以其物，無物則以白羽與朱羽糅。』注云：『此翿旌也，糅者雜也。』又『君國中射，以翿旌獲，白羽與朱羽糅』」。今案此亦雜白羽與朱羽蒙於伐以爲飾也，故云「蒙伐有苑」。

蒹葭

蒹葭蒼蒼，白露爲霜。

魏源曰：「蒼蒼之葭，遇霜而黃。肅殺之政行，忠厚之風盡，蓋謂非此無以自强於戎狄，不知自强之道在於求賢。」王湘綺云：「蒹葭喻周餘民，今方蒼蒼；待露而霜殺之，喻王澤不降而秦又任法尚刑也。」

溯洄從之，道阻且長。溯游從之，宛在水中央。

魏源云：「襄公初有岐西之地……其時，故都遺老隱居藪澤。文武之道，未墜在人。特時君尚詐力，則賢人不至，故求治逆而難。尚德懷，則賢人來輔，故求治順而易。溯洄不如溯游也。」

白露未晞。

湘綺云：「未晞，未煦之。」

白露未已。

湘綺云：「露猶未已，不能改政也。」

終南

有紀有堂。

馬云：「紀當讀爲杞梓之杞，棠當讀爲甘棠之棠……白帖終南山類引詩正作『有杞有棠』。」

晨風

忘我實多。

「忘我」，是君忘臣。箋説非。

無衣

漢書趙充國傳贊「山西天水、安定、北地處勢迫近羌胡，民俗修習戰備，高尚勇力、鞍馬、騎射，故秦詩曰：『王于興師，修我甲兵，與子偕行。』其風聲氣俗自古而然。今之歌謡慷慨，風流猶存耳。」據此，則班不以此詩爲刺，而此詩詞氣又不似刺詩也。

豈曰無衣，與子同袍。

王云：「子者，秦民相謂之詞……言豈曰我無衣乎？但以我與子友朋親愛之情，子有袍，願與同着之。」

權　輿

夏屋渠渠。

毛傳：「夏，大也。」「屋」字毛傳不釋。王肅述毛，以夏屋爲所居之屋。孔疏以全詩皆説飲食之事，不得言屋宅。孔疏是也。鄭釋「屋」爲「具」，本之爾雅釋言：「握，具也。」「屋」得釋爲「具」者，「屋」爲謳攝入聲字，「具」爲謳攝，音本相近。「屋」在影母，「具」在見母，聲亦非遠。食飲稱「具」者，馬瑞辰云：「周官：『王合諸侯，而饗禮則具十有二牢，庶具百物備。』又：『王巡守殷國，令百官百牲皆具。』」儀禮公食大夫禮：「宰夫具饌于東房。」並飲食稱「具」之證。「大具」即史記范雎傳所云「大供具」也。

不承權輿。

「權輿」訓始者，「權輿」爲「芽」之合音，如「之乎」爲「諸」、「者焉」爲「旃」之例。古從牙聲之字或讀爲「渠」，說文：「枒，車輞會也。」周官考工記：「輪謂之牙，車人謂之渠。」「渠」即「牙」也，可證。輿、牙、渠古音同烏攝，權、渠、牙聲同群紐，故「權輿」得爲「牙」之合音。

陳風

東門之枌

穀旦于差。

「差」者，釋文：「差，王肅本音嗟。」言于嗟者，以事神之事也。月令：「大雩帝。」鄭注：「雩，吁嗟求雨之祭也。」

越以鬷邁。

「鬷邁」，猶言頻往會也。「越以鬷邁」，言於何鬷邁。

衡門

朱傳：「此隱居自樂而無求者之辭。」王云：三家「皆言賢者樂道忘饑，無誘進人君之意。」今謂美高隱，正以誘僖公也。

墓門

墓門有棘，斧以斯之。

言「墓門有棘，斧以斯之」，而丈夫不良，雖通國皆知，而不能一朝離也。

墓門有梅，有鴞萃止。

以喻丈夫有淫僻之行，惑於他婦也。

防有鵲巢

防有鵲巢，邛有旨苕。

馬云：「防與邛對言……則『防』讀如『堤防』之『防』，不得以爲邑名。鵲巢宜於林木，今言『防有』，非其所應有也。不應有而以爲有，所以爲讒言也……陸疏：『苕生下濕水中。』……今詩言『邛有』者，亦以喻讒言之不可信……二章『邛有旨鷊』，亦當爲下濕所生之草。」

中唐有甓。

今案：堂途謂之陳，不謂唐也。陳爲由階至門堂之路，唐爲東西兩堂途之路。爾雅：「廟中路謂之唐，堂途謂之陳。」唐爲中庭之道，與堂途名陳者有別。堂途是令辟所甃，而中庭路則否，故亦非所宜有。

月出

月出皎兮，佼人僚兮。舒窈糾兮，勞心悄兮。

皎、僚、悄，夭攝；糾，幽攝；旁轉韻。佼、勞，夭攝。案此詩皆形容美者妖冶繚繞之形，故其所用字皆幽（蕭）夭（豪）兩部字，繪形繪聲，曲盡其妙。

月出皓兮，佼人懰兮。舒憂受兮，勞心慅兮。

皓、懰、受、慅，幽攝。

月出照兮，佼人燎兮。舒夭紹兮，勞心慘兮。

照、燎、紹，夭攝；慘，音攝；旁對轉。釋文於北山詩「或慘慘劬勞」云：「亦作懆。」於白華詩「念子懆懆」云：「亦作慘慘。」知本詩當亦作「懆」，叶本韻。皓、皎、照，古音見母雙聲。照，今音入照三，然説文「羔」從「羊」，照省聲，則古音亦入見母也。窈、糾，幽疊；憂、受，幽疊；夭、紹，夭疊。僚、懰、燎雙聲，糾、受、紹，審三雙聲。糾雖從丩聲，見母，然收從丩聲，讀入審三也。慅、悄、慘，清母。三百篇中排比聲律，未有如此詩之精切者。

澤陂

彼澤之陂，有蒲與荷。

以喻所悦女之容體也。正以陂中二物興者，喻淫風。

有美一人。
美人，詩人指君子也。
彼澤之陂，有蒲與蕑。
以喻女之言信。
彼澤之陂，有蒲菡萏。
菡萏，荷花也。以喻女之顏色。

曹風

蜉蝣

蜉蝣掘閱。
箋云「掘地解脱」者，「閱」讀爲「脱」。言其掘地出時，解脱而生。傳云「掘閱容閱」者，閱、穴字通，言其物容身於穴，故掘閱而出也。

候人

季女斯飢。

王云：「季女即候人之女也。蓋詩人稔知此賢者沉抑下僚，身丁困阨，家有幼女，不免恒飢，故深嘆之。而其時群枉盈庭，國家昏亂，篇中皆刺其君之近小人，致君子未由自伸。作詩本意，止於首尾一見，不著迹象，斯爲立言之妙。」

鳲鳩

按此詩乃陳古以刺今也。

其儀一兮，心如結兮。

列女傳：「一心可以事百君，百心不可以事一君。」

豳風

七月

田畯至喜。

按：「喜」者，田畯至而善其事也，不必如鄭箋讀如「饎」。

鴟鴞

鴟鴞鴟鴞，既取我子，無毁我室。

詩以「子」喻管蔡，以「鴟鴞」喻武庚，以鴟鴞取子喻武庚三誘管蔡，以鳥室喻周室也。

恩斯勤斯，鬻子之閔斯。

「勤」，憂也，如公勤勞於王家之「勤」。愛之，欲其室之堅；憂之，懼其室之傾也。

公自言恩勤於王室者，惟稚子是閔恤也。

迨天之未陰雨，徹彼桑土，綢繆牖户。

桑土，方言：「東齊謂根曰杜。」趙岐孟子注：「取桑根之皮。」此亦深憂王室而預防其患難之意。

今女下民，或敢侮予。

王云：「有備無患，民孰敢侮！詩猶言『或』以疑之者，見公周慎之深心也。」

予手拮據，予所捋荼，予所蓄租，予口卒瘏。

韓詩：「口足爲事曰拮據。」「蓄租」與「捋荼」相承，「租」當讀爲「苴」。漢書郊祀志：「席用苴稭。」如淳曰：「苴讀如租。」顔注：「苴，茅藉也。」傳訓「租」爲「爲」，乃「蔿」字之譌。按：「租」「蔿」聲相近。

東　山

慆慆不歸。

「慆」與「滔」同，御覽引作「滔」。「滔」「悠」古同聲，「滔滔」即「悠悠」也。

制彼裳衣，勿士行枚。

制其歸途所服之衣，喜今之不事戰陳。

蜎蜎者蠋，烝在桑野。敦彼獨宿，亦在車下。

以蠋之特行於桑野，興己之獨宿在車下也。

烝在栗薪。

栗薪，栗樹之薪也。柞薪，桑薪也。鄭箋訓「栗」爲「析」，非。

破斧

此詩毛、鄭以爲比，朱以爲賦，朱義爲長。

伐柯

此詩蓋美周公東征飲至策勛之禮也，末句見意。

伐柯如何？匪斧不克。

討叛，非武力不爲功；治國，非禮義不能致。

娶妻如何？匪媒不得。

所願乎下以事上，故有鴟鴞閔鬻之心；所願乎上以使下，故有飲至勞歸之禮。

伐柯伐柯，其則不遠。

王云：「周公用禮義之道，故東土得以速定。其法不遠，所謂前事者後事之師也，故得公歸朝而天下治矣。」

籩豆有踐。

喻言周公東征一切設施皆成列，所謂以禮義治國也。

九　罭

按：時周公既得衮衣之命，欲還宗周，而東周之人留之，不忍其去也。

九罭之魚鱒魴。

「九罭」，小魚之網。以小魚之網而得鱒魴之魚，以喻東周之邑而覯衮衣之人，皆幸之也。與下文「鴻飛遵渚」用意正同。

鴻飛遵渚，公歸無所，于女信處。

胡云：「鴻不宜遵渚，謂公不宜居東也。不宜居，則公應歸矣，而未有所也，故猶於東信處耳……『于女』猶言『于東』，不必定與東人相爾汝也。」

公歸不復。

公歸不復反東都也。

是以有衮衣兮。

按：「是以」，承接詞，承上文「于女信宿」言。小雅蓼蕭「是以有譽處兮」，亦承上文「燕笑語兮」言。

狼跋

德音不瑕。

爾雅：「假，已也。」思齊箋：「瑕，已也。」猶南山有臺詩「德音不已」也。

小雅

四牡

翩翩者鵻，載飛載下。

陳奐云：「左傳昭十七年：『祝鳩氏，司徒也。』杜注：「祝鳩，鵻鳩。鵻鳩孝，故爲司徒。主教民。』樊光亦云：『孝，故爲司徒。』按詩言鵻集栩、杞，興養父母，故樊、杜以鵻鳩爲孝。」

皇皇者華

駪駪征夫，每懷靡及。

列女晉文齊姜傳云：「夙夜征行，猶恐無及，況欲懷安，將何及矣？」

常棣

常棣之華，鄂不韡韡。

玉篇：「不，詞也。」王肅述毛云：「不韡韡，言韡也。以興兄弟能内睦外禦，則强盛而有光曜也。」

死喪之威，兄弟孔懷。原隰裒矣，兄弟求矣。

傳：「威，畏。」白虎通：「畏，兵死也。」「原隰裒矣」，集傳謂「屍裒聚於原野之間」。「兄弟求矣」，案：謂惟兄弟求其屍也。

每有良朋，況也永嘆。

爾雅：「每，雖也。」「況也永嘆」猶言滋永嘆也，言不能如兄弟之相救，滋之長嘆而已。

每有良朋，烝也無戎。

「烝也無戎」，猶言終無助也。

伐木

出自幽谷，遷于喬木。

中論：「言朋友之義，務在切直，以昇於善道也。」

神之聽之，終和且平。

釋詁：「神，慎也。」「慎，誠也。」廣雅：「聽，從也。」

天保

俾爾單厚，何福不除。俾爾多益，以莫不庶。

單借爲亶。除借爲予。以，何也；以莫，猶何莫也。

民之質矣，日用飲食，群黎百姓，遍爲爾德。

廣雅：「質，常也。」爲讀如化，猶言式。

采薇

彼路斯何，君子之車。

釋詁：「路，大也。」書疏引舍人云：「路，車之大也。」斯，語詞。斯何，猶維何也。

君子所依，小人所腓。

腓，讀爲厞。爾雅、說文皆云：「厞，隱也。」

昔我往矣，楊柳依依。

韓詩薛君章句云：「依依，盛貌。」

出車

憂心悄悄，僕夫況瘁。

說文：「況，寒水也。」引申爲寒苦之稱。「況」「瘁」二字平列。

王命南仲，往城于方。

竹書紀年：「帝乙三年，王命南仲，西拒昆夷，城朔方。」

杕杜

卜筮偕止，會言近止。

廣雅：「皆，嘉也。」孔廣森云：「會、合之字皆從亼。說文：『亼，三合也。』占必三人，會有三義，故傳云『會人占之。』」

魚麗

物其多矣，維其嘉矣。物其旨矣，維其偕矣。

偕亦嘉也。賓筵篇「飲酒孔嘉」，又言「飲酒孔偕」。

南陔

說文：「陔，階次也。」白虎通五行：「南方者，任養之方，萬物懷任也。」

南有嘉魚

南有嘉魚，烝然罩罩。

釋文引王肅云：「烝，衆也。」說文引詩：「烝然𩺨𩺨。」廣雅：「淖淖，衆也。」即此詩之異文。

南有嘉魚，烝然汕汕。

說文：「汕，魚游水貌。」引詩「烝然汕汕」。

君子有酒，嘉賓式燕又思。

又，讀爲右，實當讀爲侑。彤弓傳：「右，勸也。」右即侑也。

南山有臺

樂只君子，遐不眉壽？

遐讀爲胡。

樂只君子，保艾爾後。

猶康誥言「用保乂民」也。爾雅：「艾，長也。」「乂，治也。」

崇丘

漢書楚元王傳集注引何晏云：「邱，大也。」崇、邱二字平列，謂高大也。

由儀

由，即説文「甹」字，説文：「甹，木生條也。」引義爲生。

蓼蕭

燕笑語兮，是以有譽處兮。

譽，讀爲豫，安也。

湛露

左傳文四年：「諸侯朝正於王，王燕樂之，於是乎賦湛露。」是爲天子燕諸侯之確證。

彤弓

我有嘉賓，中心貺之。

廣韻：「況，善也。」猶覲禮云「予一人嘉之」也，嘉亦善也。

彤弓弨兮，受言載之。

廣雅：「載，攱也。」攱讀爲庋藏之庋。

鐘鼓既設，一朝右之。

右讀爲侑。古者食禮有侑，饗禮有酬酬。

鐘鼓既設，一朝醻之。

爾雅：「酬、侑，報也。」

菁菁者莪

既見君子，我心則休。

廣雅：「休，喜也。」按：休、喜聲相近。

六　月

載是常服。

左傳閔二年：「帥師者，有常服矣。」注：「韋弁服，軍之常也。」

以奏膚功。

奏，趨事赴功也。

共武之服。

共讀爲恭，敬也。

玁狁匪茹。
廣雅：「茹，柔也。」

采芑

陳師鞠旅。
鞠爲告之聲近假借字。
顯允方叔。
顯允，明信也，謂其號令明而賞罰信。

車攻

兩驂不猗。
猗，讀爲倚。不倚，無偏倚也。

吉日

漆沮之從。

從，逐也。

鴻鴈

爰及矜人，哀此鰥寡。

按：此文倒語，順文當爲「哀此鰥寡，爰及矜人」。倒文以取韻也。

沔水

按：沔水，刺諸侯之跋扈也。

沔彼流水，朝宗于海。

喻諸侯當朝覲於天子。

鴥彼飛隼，載飛載止。

喻諸侯放縱，有驕恣不朝者，有矢心忠順者。

嗟我兄弟，邦人諸友，莫肯念亂，誰無父母？

諸侯不朝事天子，必爲禍亂之萌，故憂及父母也。潛夫論釋難篇：「且夫一國盡亂，無有安身。詩云：『莫肯念亂，誰無父母？』言皆將爲害，然有親者憂將深也。」

鴥彼飛隼，載飛載揚。

淮南精神訓篇高注：「飛揚，不從軌度也。」

鴥彼飛隼，率彼中陵。

喻諸侯侵陵，猶知稍斂其迹。

民之訛言，寧莫之懲！

寧，乃也。懲，清察也。

鶴鳴

鶴鳴于九皋，聲聞于野。

有諸内，形諸外也。

白駒

所謂伊人，於焉逍遥。

於焉，猶於是也。玉篇：「焉，是也。」

所謂伊人，於焉嘉客。

嘉客，旁紐雙聲字。朱傳：「嘉客，猶逍遥。」是也。

皎皎白駒，賁然來思。

賁，疾也。「賁然來思」，言疾來就駕，賢者將乘之去也。

勉爾遁思。

朱傳：「遁思，猶言去意也。」按：猶言去矣勉旃。公侯既逸豫無期，賢者不得不高蹈遠引也。

皎皎白駒，在彼空谷。

遁於空谷之中也。

生芻一束，其人如玉。

生芻一束，取以秣馬。其人如玉，故欲陳生芻一束以飼其馬也。此猶「之子于歸，言秣其馬」之意。

黄鳥

按此篇詞意與魏風碩鼠相似。

此邦之人，不我肯穀。

此詩若言妃匹之故，當言「彼其之子」，不當言「此邦之人」。馬云：「廣雅：『穀，養也。』小弁甫田箋並云：「穀，養也。』」此詩「穀」亦當訓「養」。

我行其野

不思舊姻，求爾新特。

特，匹也。

斯干

似續妣祖，築室百堵。

嗣續妣祖之後而築室也。

君子攸芋。

按「芋」爲「宇」之同聲假借。

噲噲其正。

正訓晝者，正、晝聲相近。

無非無儀。

列女傳：「孟母曰：詩曰『無非無儀，惟酒食是議』，以言婦人無擅制之義，有三從之道也。」「三從」釋「無非」，猶言毋違也。「無擅制」，正釋詩「無儀」。儀，度也，謂度事之輕重以爲所制也。

無　羊

不騫不崩。

傳云：「騫，虧也。」

說文：「騫，馬腹墊也。」「虧，氣損也。」胡云：「騫謂羊不肥，崩謂羊有疾。」

衆維魚矣，旐維旟矣。

玉篇：「惟，爲也。」「衆維魚」，言衆化爲魚矣；「旐維旟」，言旐易爲旟矣。

節南山

國既卒斬，何用不監？

用，以也。

不平謂何。

「不平謂何」是全篇宗旨，本文言均、言夷、言傭、言成、言平，皆此意。

弗躬弗親，庶民弗信。

王云：「以下刺王之詞。」今案：以上刺尹氏語。

勿罔君子。

箋云：「勿當作末。」箋説是。按：「末罔」猶迷罔也。末與勿與迷，皆雙聲。

式夷式已，無小人殆。

式夷者，求其平也；式已者，大事躬親也。無小人殆，無近小人也。如此，則瑣瑣姻亞，庶幾無厚仕，以致此不平之政也。

誰秉國成？不自爲政，卒勞百姓。

上目「秉國之均」，刺尹氏；此言秉國之成，刺王也。「不自爲政」，即上文言「弗躬弗親」「弗問弗仕」也。秉國成者，有其名無其實。「卒」讀爲「瘁」。

駕彼四牡，四牡項領。我瞻四方，蹙蹙靡所騁。

此以下，詩人自言其志。新序雜事篇：「夫處勢不便，豈可以量功校能哉？詩不云乎：『駕彼四牡，四牡項領。』夫久駕而長不得行，項領不亦宜乎？」馬云：「傳蓋以『項』爲『堆』之假借。」王先謙云：「蓄馬項負軛不行，蹙縮臃腫，有如重項，失其駿也。」

方茂爾惡，相爾矛矣。既夷既懌，如相醻矣。

王云：「茂，盛也。其相惡盛時，幾欲持矛相刺。及事平而怨釋，則如賓主相酬酢。總之，爭利而已。」今按：「方茂爾惡」，猶云「爾惡方茂」，倒文以取韻也。

我王不寧，不懲其心，覆怨其正。

王云：「王不懲止其邪心，而反怨諫正者。」按王釋「正」爲「諫」，甚洽文義。

正月

按本詩刺幽王之殘暴也。

正月繁霜，我心憂傷。

漢書五行志引五行傳曰：「聽之不聰，是謂不謀。厥咎急，厥罰恒寒，厥極貧。」馬瑞辰曰：「訛言孔將，是聽不聰也；念國爲虐，是急虐也；民今無禄，是極貧也。而正月繁霜，箋以爲恒寒之異。信乎，天人相感，其理不爽！」按：箋屢言王行酷暴，正是詩意。

瞻烏爰止，于誰之屋。

漢書郭太傳：陳蕃、竇武爲閹人所害，林宗哭之，既而嘆曰：「人之云亡，邦國殄瘁。瞻烏爰止，不知於誰之屋耳。」李注：「言不知王業當何所歸。」

瞻彼中林，侯薪侯蒸。

韓詩外傳載晏子引詩云：「『瞻彼中林，侯薪侯蒸。』言朝廷皆小人也。」

既克有定，靡人弗勝。

天既能有定亂之心，何人不可勝者？

有皇上帝，伊誰云憎？

憎天乎？憎人乎？

謂山蓋卑，爲岡爲陵。

「蓋」讀爲「盍」。謂山盍卑乎？而乃爲崗爲陵！此即民之訛言，譏賢者不必高自標置也。

謂天蓋高，不敢不局；謂地蓋厚，不敢不蹐。

蓋亦謂爲盍。謂天盍高乎？乃令我不敢不局！謂地盍厚乎？乃令我不敢不蹐！此楊積微說。

哀今之人，胡爲虺蜴？

後漢書左雄傳：「雄上疏云：『哀今之人，胡爲虺蜴？』言人畏吏如虺蜴也。」

彼求我則，如我不得。執我仇仇，亦不我力。

禮緇衣引此四句，注：「言君始求我，如恐不得；既得我，執我仇仇然不堅固，亦不力用我，是不親信我也。」廣雅釋訓：「扏扏，緩也。」集韻：「扏扏，緩持也。」陳喬樅云：「上二句言求我之急也，下二句言用我之緩也。三復詩詞，緩於用賢之意爲切，而傲賢之意爲疏矣。」按：「則」字連上，以取韻也。釋訓：「仇仇、敖敖，傲也。」郭注以爲傲慢賢者。按：傲慢與緩意亦相因。

終其永懷，又窘陰雨。

終，既也。

無棄爾輔，員于爾輻。

王云：「易大壯九四：『壯於大輿之輹。』釋文：『本亦作輻。』壯，大也。大其輻，即益其輻，所謂『員爾輻』也。」今按：輻爲輹之借，輹可益，輻不可益。

憂心慘慘，念國之爲虐。

念國之爲虐，是全詩宗旨。

天夭是椓。

天夭，疑猶今言天閹也。

十月之交

彼月而食，則維其常；此日而食，于何不臧？

漢書天文志引詩傳云：「月食非常也，比之日食，猶常也。日食，則不臧矣。」不臧者在於何處？下二章言之。

皇父卿士，番維司徒，家伯維宰，仲允善夫，聚子内史，蹶維趣馬，楀維師氏。

潛夫論本政篇：「稷、禹、皋陶聚，而致雍熙；皇父、蹶、楀聚，而致灾異。」

豈曰不時，胡爲我作？

馬云：「時，謂使民以時……使民力作亦爲作。」按，作猶起也。

擇有車馬，以居徂向。

居，讀如何居之居。

噂沓背憎。

説文：「噂，聚語也。」「僔，冣也。」「沓，語多沓沓也。」聚則相合，背則相憎。

雨無正

此刺厲王之罰罪賞善不當，致貴者莫肯爲之盡力也。

舍彼有罪，既伏其辜。

舍讀爲釋。弁詩「舍彼有罪，予之佗矣」，語意與此同。伏，匿也，逃也。

淪胥以鋪。

廣雅：「淪，漬也。」胥爲湑之借，玉篇：「湑，溢也。」淪胥本水流侵淫漸漬之義。漢時儒者云：「淪，率也。胥，相也。」以爲牽連相引，釋意頗當，而非此二字本義。（漢書：「烏乎史遷，薰胥以刑。」晉灼曰：「薰，帥也。胥，相也。從人得罪，相坐之刑也。」後漢書蔡邕傳：「下獲勛胥之辜。」李賢注引詩云：「勛，帥也。胥，相也。痡，病也。言此無罪之人而使有罪者相帥而病之，是其太甚。見韓詩。」）

聽言則答，譖言則退。

賈山至言曰：「退誹謗之人，殺直諫之士，是以道諛偷合苟容。天下已潰，莫之告也。詩曰：『聽言則對，譖言則退。』」按：依此，則「聽言」，聽從之言；「譖言」者，諫諍之言也。箋説非。

維曰于仕，孔棘且殆。云不可使，得罪于天子；亦云可使，怨及朋友。

釋詁：「使，從也。」按：此承上文言，云黜忠崇佞之道不可使，則有天子之譴責；如云黜忠崇佞，道固可使，則來朋友之斥讁；此於仕之所以孔棘且殆也。

小旻

刺幽王之任用非人也。

潝潝訿訿，亦孔之哀。

爾雅：「潝潝訿訿，莫供職也。」注：「賢者陵替姦黨熾，背公恤私曠職事。」劉向封事云：「衆小在位，而從邪議，歙歙相是，而背君子。」

召旻「皋皋訿訿」傳：「訿，窳不供事也。」

謀夫孔多，是用不集。

韓詩外傳引「集」作「就」。

如匪行邁謀，是用不得于道。

匪讀爲彼，與「如匪築室于道謀」、雨無正「如彼行邁」句法同。左傳襄八年子駟引詩：「如匪行邁謀，是用不得于道。」杜注：「匪，彼也。行邁謀，謀於路人也。不得於道，衆無適從。」

哀哉爲猶，匪先民是程，匪大猶是經，維邇言是聽，維邇言是爭。

鹽鐵論復古篇云：「此詩人刺不通於王道而善爲權利者。」

國雖靡止，或聖或否。民雖靡膴，或哲或謀，或肅或艾。

止，讀如咥。膴，讀爲幠。釋詁：「咥、幠，大也。」無大，猶言無幾何也。

如彼泉流，無淪胥以敗。

言無亦淪胥相率，以底於枯竭也。

不敢暴虎，不敢馮河……戰戰兢兢，如臨深淵，如履薄冰。

馮爲淜之假借，説文：「淜，無舟渡河也。」

荀子臣道篇：「仁者必敬人。凡人非賢，則是不肖也。人賢而不敬，則是禽獸也；人不肖而不敬，則是狎虎也。禽獸則亂，狎虎則危，災及其身。詩曰：『不敢暴虎，不敢馮河。人知其一，莫知其他。戰戰兢兢，如臨深淵，如履薄冰。』此之謂也。」

小宛

朱傳云：「此大夫遭時之亂，而兄弟相戒以免禍之詩。」今謂此詩蓋賢者罹於獄而戒其兄弟也。常棣云：「脊令在原，兄弟急難。」此詩亦言「題彼脊令」，起興略同。

宛彼鳴鳩，翰飛戾天。

按：宛彼鳴鳩而高飛戾天，所謂本乎天者親上也，故以興明發之懷也。

明發不寐，有懷二人。

禮祭義引詩注：「明發不寐，謂夜至旦也。二人，謂父母。」

呂覽季春紀「鳴鳩拂其羽」高注：「鳴鳩，斑鳩也。是月拂擊其羽，直刺上飛數十丈，乃復。」淮南時則訓高注：「鳴鳩奮迅其羽，直刺飛入雲中。」

夙興夜寐，毋忝爾所生。

潛夫論贊學篇引詩云：「是以君子終日乾乾進德修業者，非直爲傳己而已也，蓋乃思述祖考之令問而以顯父母也。」

交交桑扈，率場啄粟。

傳：「桑扈，竊脂也。」左傳正義：「竊脂，淺白色。」以桑扈之率場啄粟不能以自活喻。

哀我填寡，宜岸宜獄，握粟出卜，自何能穀。

填爲瘨之借字，説文：「瘨，病也。」填寡之身離岸獄，握粟出卜，終無以得生也。

一章念先，二章戒飲，三章教家，四章惜時，五章傷己不能免於獄訟也。「握粟出卜，自何能穀」，言懷卷握之粟，以求兆於猪肩羊膊，自何能得吉卜？喻言家貧，貨賄不足以自贖也。六章戒其家人，戒懼免禍也。

小弁

踧踧周道，鞫爲茂草。

東方朔七諫：「何周道之平易兮，然蕪穢而險戲。」

惄焉如擣。

韓詩外傳「擣」作「疛」，玉篇：「疛，心腹疾也。除又切。」

維桑與梓，必恭敬止。

張衡南都賦：「永世克孝，懷桑梓焉。真人南巡，睹舊里焉。」

按桑梓必在里居，後遂稱桑梓爲鄉里耳。桑梓懷父母，睹其樹因思其人也。

君子秉心，維其忍之。

列女傳：「夫慈，故能愛。乳狗搏虎，伏鷄搏狸，恩出於中心也。」

君子無易由言。

釋詁：「繇，道也。」由與繇通。「無易由言」，言無易道言也。抑「無易由言」同。箋說非。由訓道者，喻四讀同定母也。

韓詩外傳五：「君有取謂之取，無曰假。孔子正假馬之名而君臣之義定矣。詩曰『君子無易由言』，名正也。」亦言君子無易道言也。

巧言

君子如祉，亂庶遄已。

左傳昭十七年范武子引詩云：「言君子喜怒以已亂也。」

匪其止共，維王之邛。

禮記鄭注：「言臣不止於恭敬其職，惟使王之勞。此臣使君勞之詩也。」案：邛爲劬之借字。

往來行言。

釋詁：「行，言也。」郭注：「今江東通謂語爲行。」

蛇蛇碩言，出自口矣。

蛇蛇爲訑訑之借。孟子趙注：「訑訑者，自足其智不嗜善言之貌。」

爲猶將多，爾居徒幾何？

方言：「猶，詐也。」廣雅：「猶，欺也。」爾雅：「將，且也。」居，語助詞。

何人斯

不愧于人，不畏于天。

禮表記引此詩云云，鄭注：「言人有所行，當慚愧於天人也。」

云何其盱。

説文：「盱，張目也。」此用本義。

諒不我知。

猶云不知我諒，倒文以取韻耳。

視人罔極。

視爲示之借。極，中也。視人罔極，猶言小人之不可捉摸也。

以極反側。

極，窮也，極之於其所至也。孟子「又極之於其所往」，正此「以極反側」之「極」。

巷伯

萋兮斐兮，成是貝錦。

萋爲緀之借字。説文：「緀，帛文貌。詩曰：『緀兮斐兮，成是貝錦。』」

陸疏：「貝，水介蟲。古者貨貝是也。餘蚳，黄爲質，白爲文。餘泉，白爲質，黄爲文……皆行列相當。」

誰適與謀。

猶云適與誰謀也。

豈不爾受，既其女遷。

言暫時豈不受女[一]之譖而憎惡他人，既而知汝言不實，將轉移其憎惡他人之心而憎惡於汝也。

取彼譖人，投畀豺虎。豺虎不食，投畀有北。

「豺虎」當作「虎豺」方合韻。本章謀、豺韻，食、北韻，受、昊韻。

谷風

習習谷風，維風及雨。

按：言習習之和風，而乃維風及雨，以喻朋友始而相交，終乃相棄也。

〔一〕女，據下文疑當作「汝」。

蓼莪

缾之罄矣，維罍之耻。

後漢書陳寵傳引此二句釋之曰：「言己不得終竟於道者，亦上之耻也。」

入則靡至。

説文「親」訓「至」也。靡至，靡親也。

出入腹我。

腹義與復通。説文：「復，重衣皃。」重衣亦厚我之義。

欲報之德。

之猶其也。

大東

潛夫論班禄篇：「賦斂重而譚告通。」王云：「譚告通者，言譚大夫告東國之病苦，具詩上達於周廷也。」

周道如砥，其直如矢。君子所履，小人所視。

説文：「厎，柔石也。」重文作砥。鹽鐵論刑德篇：「『周道如砥，其直如矢』，言其易也；『君子所履，小人所視』，言其明也。故德明而易從，法約而易行。法者，緣人情而制，非設罪以陷人也。」

行彼周行。

楚辭九嘆：「征夫勞于周行兮。」王逸注：「行，道也。」葵園師云：「此詩訓周行爲周道，詞義俱順。」

既往既來，使我心疚。

馬云：「謂數數往來，疲於道路，並無厚往空來之義。箋説非。」

或以其酒，不以其漿。鞙鞙佩璲，不以其長。

承上章「私人之子，百僚是試」，言小人在位，有名無實。酒無其味，乃以其漿；佩瑞者不以其德，乃以其長也。

乾案：「或以其酒，不以其漿」，言或用其酒者，貴其能醉人，不僅以其爲水漿也。「鞙鞙佩璲」者，貴其爲玉而可以比德，不僅以其繫璲之組之長也。

此刺日事紛更而不能有成功者。

雖則七襄，不成報章。

有捄天畢，載施之行。

胡承珙謂「畢」爲田器，列舉六證，不當如箋説爲祭器。「載施之行」，如「施于中逵」「施于中林」。若非畢翳，何得言「施」？今謂依傳説，則「載施之行」當爲問詞，故傳云『何嘗見其可用乎』。

維南有箕，不可以簸揚；維北有斗，不可以挹酒漿。

韓詩外傳引「維南有箕」四句云：「言有其位無其事也。」

維南有箕，載翕其舌。維北有斗，西柄之揭。

馬云：「凡箕斗連言者，皆爲南斗。王念孫云：『南斗之柄常向西，而高於魁，故經言西柄之揭。若北斗之柄，固不常西，即指西，亦不得云揭。』其説是也。」

四月

中論譴交篇：「古者行役過時不返，猶作詩怨刺，故四月之篇稱『先祖匪人，胡寧忍予』。」

亂離瘼矣，爰其適歸。

家語「爰」作「奚」，常璩華陽國志同。

廢爲殘賊，莫知其尤。

「廢」爲「癈」之借，説文：「癈，大也」。

盡瘁以仕，寧莫我有。

左昭二十年杜注：「有，相親有也。」言己憔悴以事國，乃莫我親也。

北山

旅力方剛。

方言、廣雅並云：「膂，力也。」

小明

二月初吉。

周正建丑之月。

畏此罪罟。

罪、罟二字平列。

日月方除。

爾雅：「十二月爲除。」正取歲除之義。

日月方奥。

尚書「厥民奥」馬注：「奥，暖也。」

念彼共人，興言出宿。

王云：「『興言出宿』者，思慮展轉，不能安寢也。」按：起而出宿於外也。

靖共爾位，正直是與。神之聽之，式穀以女。

禮表記引「靖共爾位」四句，鄭注：「言敬治女位之職，正直之人乃與爲倫友。神聽女之所爲，用祿與女。」

鼓鍾

鼓鍾伐鼛。

淮南主術訓「鼛鼓而食」高注：「鼛鼓，王者之食樂也。詩曰『鼓鍾伐鼛』。」陳喬樅云：「荀子正論『天子者代睪而食』，『代睪』當爲『伐臯』，鼛、臯古字通用。」

以雅以南，以籥不僭。

六代之樂爲雅，四夷之樂爲南。

楚茨

按：以下十序全非詩意，斷當從朱子。楚茨、信南山諸詩無憂傷之語，故朱子不信爲刺詩。按：此陳古以刺今也，玩「自昔何爲」語可見。

首章言黍稷爲酒食，遂及正祭之妥侑也。二章言牛羊爲鼎俎，遂及祊祭之索饗也。三章言賓尸，遂及賓客之獻酬也。四章工祝致告，徂賚孝孫，尸嘏主人也。五章諸宰君婦廢徹不遲，既祭而徹也。六章承上章備言燕私，既徹而燕也。

神保是饗。

神保爲神之嘉稱，猶楚辭言靈保也。

執爨踖踖。

爾雅：「踖踖，敏也。」

或燔或炙。

傳：「燔，取膟膋。」郊特牲鄭注：「膟，腸間脂也。」

爲豆孔庶。

豆即庶羞之豆。

君婦莫莫。

天子諸侯妻之稱君婦，猶大夫士妻之稱主婦。

獻酬交錯。

特牲饋食禮：「衆賓及衆兄弟交錯以辨。」

徂賚孝孫。

按「徂」當讀如「嗟」，嘆詞。

既齊既稷，既匡既敕。

爾雅：「齊，疾也；匡，正也。」説文：「敕，戒也。」

孔惠孔時。

廣雅：「時，善也。」

勿替引之。

猶云「引之勿替」，倒文取韻也。

信南山

按楚茨、信南山等詩，疑爲成王時之詩。

信彼南山。

信讀如伸，長遠貌。

上天同雲。

藝文類聚引韓詩云：「雪雲曰同雲。」蓋陰雲密布之貌。

祭以清酒。

周禮天官：「酒正辨三酒之物，一曰事酒，二曰昔酒，三曰清酒。」清酒，祭禮之酒。

執其鸞刀。

公羊傳宣十二年注：「鸞刀，宗廟割切之刀，環有和，鋒有鸞也。」

甫田

以我齊明。

按「齊明」猶「明齊」，倒文以取韻也。

以其婦子。

王后無隨王勸農之事，婦子自指農夫之婦子。

禾易長畝。

易，移也。説文：「移，禾相倚移也。」言禾蕃盛之意。

曾孫不怒。

廣雅：「怒，勉也。」言曾孫不必勸勉，農夫自能敏於其事也。箋以怒爲恚怒，失之。

大田

大田多稼，既種既戒，既備乃事。

箋云：「……是既備矣，至孟春土長冒橛，陳根可拔而事之。」按周語「土方冒發」注引氾勝之書云：「春土冒橛，陳根可拔。」事之，即剚之也。

俶載南畝。

箋云：「俶讀爲熾，載讀爲『菑栗』之菑。」按方言：「入地曰熾，反草曰菑。」

曾孫是若。

說文：「若，擇菜也。」是若者，擇其稼之善者而勸之也。

秉畀炎火。

秉，韓詩作卜。爾雅：「卜，予也。」秉畀，即付與也。

此有不斂穧。

說文：「穧，穫刈也。一曰撮也。」

瞻彼洛矣

此詩全不見刺意，亦不見有思古之意。

韎韐有奭。

白虎通爵篇：「世子上受爵命，衣士服何？謙不敢自專也。故詩曰『韎韐有赩』，謂世子始行也。」

裳裳者華

左之左之，君子宜之。右之右之，君子有之。

君子，疑指古之明王。廣雅：「有，取也。」

說苑修文篇：「詩曰云云，傳曰：『君子無所不宜也。』……故曰爲左亦宜，爲右亦宜。」

桑扈

君子樂胥，受天之祜。

傳：「胥，皆也。」廣雅釋言：「皆，嘉也。」「樂胥」猶言樂嘉。

不戢不難，受福不那。

戢讀如輯，和也。難讀如戁，敬也。那讀如䏧，多也。

旨酒思柔。

猶言飲酒孔嘉。柔、嘉並訓善。

彼交匪敖，萬福來求。

彼讀如匪，左傳襄二十七年引作匪。按：思，語詞。漢書五行志引詩前四句，張晏曰：「飲酒和柔，無失禮可罰，罰爵徒觩然而已。」

鴛鴦

鴛鴦于飛，畢之羅之。

于飛而畢之羅之，即論語「弋不射宿」之義。

戢其左翼。

釋文引韓詩云：「戢，捷也。捷其噣於左也。」廣雅釋詁云：「戢，插也。」

乘馬在廄，摧之秣之。

傳：「摧，挫也。」按說文：「莝，斬芻也。」似爲「挫」之借。

頍弁

如彼雨雪，先集維霰。

言死喪之兆也。

死喪無日，無幾相見。樂酒今夕，君子維宴。

韓詩外傳四言：「明王能愛其所愛，闇王必危其所愛。小雅曰『死喪無日，無幾相見』，危其所愛之謂也。」

車舝

間關車之舝兮。

猶言宛轉如意也。

匪飢匪渴。

何以思之如此其甚也！

雖無德與女，式歌且舞。

連下文足句取韻例。

陟彼高岡，析其柞薪。

詩以伐木喻取女，因而即以析薪喻娶妻，爲迎新也。

采菽箋：「柞之葉新將生，故乃落於地。」亦本詩以柞薪起興之意。

高山仰止，景行行止。

禮表記引「高山」二句，注：「仰高勤行者，行之次也。景，明也。有明行者，謂古聖賢也。」

青蠅

易林豫之困：「青蠅集樊，君子信讒。害賢傷忠，患生婦人。」似以爲幽王信褒姒之讒而害忠賢也。

賓之初筵

後漢書孔融傳李注引韓詩曰：「賓之初筵，衛武公飲酒悔過也。」朱子集傳引作韓詩序。

籩豆有楚，殽核維旅。

射義：「古者諸侯之射也，必先行燕禮。」

韓奕詩「籩豆有且」傳：「且，多貌。」

殽核：肉曰肴，骨曰核。

飲酒孔偕。

偕，猶嘉也。

鍾鼓既設，舉醻逸逸。

大射，先燕後射。

大侯既抗，弓矢斯張。

漢書吾丘壽王傳：壽王曰：「大射之禮，自天子降及庶人，三代之道也。」此詩毛傳云：「有燕射之禮。」鄭箋則云：「將祭而射謂之大射。下章言『蒸衎烈祖』，其非祭與？」鄭箋蓋從壽王之説。按：此鄭駁毛也。

射夫既同，獻爾發功。

大射再射，不貫不釋也。

發彼有的，以祈爾爵。

再射釋，獲勝者飲不勝者酒也。馬融論語注以主皮爲能中質，不言己求不飲，但言求爵爾，此正詩人立言之妙。

當云「以祈爵爾」，倒文取韻例。

百禮既至，有壬有林。

馬云：「壬、林承上百禮言。有壬，狀其禮之大；有林，狀其禮之多。」案「有壬有林」，猶言「壬壬林林」。

各奏爾能，賓載手仇，室人入又。

鄉射禮：「賓對曰：『某不能，爲二三子許諾。』」是古以善射者爲能。仇，猶偶也，謂三射之比偶也。室人，主人，謂三射之主人繼賓射也。「室人入又」，本當作「室人又入」，倒文取韻耳。

酌彼康爵，以奏爾時。

謂三射之釋，獲勝者飲不勝者酒也。不言罰不中者，但言以進中者，亦詩人立言之妙。

大戴禮虞戴德：「教士執弓挾矢，揖讓而升，履物以射……時以教技，時有慶以地，不時有讓以地。」飲不中者以致罰，正以進中者以致慶耳。

式勿從謂。

式，發聲。爾雅：「謂，勤也。」言相勸勉也。

由醉之言，俾出童羖。

由醉，道醉也。釋畜：「夏羊，牡羖牝羭。」傳：「羖，羊不童也。」童，禿也，無角也。

箋云「膂以無然之物，使戒深也」者，俾出童羖，有角者而求其無角，故爲無然之物。

三爵不識，矧敢多又。

多又，倒文以取韻也。

采菽

君子來朝……玄衮及黼。

韋昭晉語注以此詩爲王賜諸侯命服之樂。朱傳云：「此天子所以答魚藻也。」

白虎通考黜篇：「九錫，皆隨其德可行而賜。能安民者，賜車馬；能富民者，賜衣服。以其進退有節，行步有度，賜之車馬以代其步；言成文章，行成法則，賜之衣服以表其德。詩曰『君子來朝，何錫予之？雖無予之，路車乘馬。又何予之？玄衮及黼。』」

載驂載駟，君子所屆。

馬云：「君子所屆，晏子春秋内篇諫上引詩作『君子所誡』，是知屆爲誡之假借。誡之言戒，謂此驂駟皆君子之所夙戒，以見其車之有度也。」

彼交匪紓，天子所予。

荀子勸學篇引作「匪交匪紓」。交、傲一義，彼文所謂「未可與言而言謂之傲」也。

樂只君子，殿天子之邦。樂只君子，萬福攸同。平平左右，亦是率從。

左傳引此詩釋之曰：「夫樂以安德，義以處之，禮以行之，信以守之，仁以厲之，而後可以殿邦國、同福禄、來遠人，所謂樂也。」

優哉游哉，亦是戾矣。

左襄二十九年杜注：「戾，定也。」按：定、止義近。

角弓

民之無良，相怨一方。

漢書劉向上封事云：「幽、厲之際，朝廷不和，轉相非怨。詩人刺之曰：『民之無良，相怨一方。』」

老馬反爲駒，不顧其後。

老馬反以教駒者，教之車反在馬前也。

如食宜饇，如酌孔取。

言老者醉飽之度當如其量，不可視同少壯，强之食飲也。

毋教猱升木，如塗塗附。

「教猱升木，如塗塗附」，皆以興小人之性易於從善。

君子有徽猷，小人與屬。

二句反承，君子有徽猷，亦小人與屬也。

雨雪瀌瀌，見晛曰消。

説文：「晛，日出也。」古者以雪喻小人，以雪之遇日氣而消喻小人之遇王政之清明而將敗也。曰、聿古通用，皆語詞。

莫肯下遺，式居婁驕。

遺，當讀爲隤。婁驕，猶隆高。

見晛曰流。

廣雅：「流，化也。」謂消化也。莊子：「金石流。」箋「王不能變化之」，「變化」正釋流字。

菀柳

有菀者柳，不尚息焉。

詩以鬱柳之不可止息，喻王朝之不可依倚也。

上帝甚蹈。

傳：「蹈，動。」案：言其變動無常也。

俾予靖之，後予極焉。

始俾予治，後乃殛予也。

都人士

彼君子女，謂之尹吉。

據潛夫論志氏姓，尹爲姞姓之别氏。

彼都人士，垂帶而厲。彼君子女，卷髮如蠆。

此上下錯綜例。

采緑

五日爲期，六日不詹。

後漢書劉瑜傳上疏曰：「天地之性，陰陽正紀，隔絶其道，則水泉爲並。詩云：『五日爲期，六日不詹。』怨曠作歌，仲尼所録。」

五日之期，六日不至，尚以爲恨，況今日月長遠，能無恨乎？舉近以喻遠也。

内則：「妾未滿五十者，必與五日之御。」

之子于狩，言韔其弓。之子于釣，言綸之繩。

句法參錯例。

其釣維何？維魴及鱮。維魴及鱮，薄言觀者。

變文取韻例。「薄言觀者」，言欲薄而觀之也。傳、箋説非。本當作「薄言觀之」，之猶者也。以與上文「鱮」字韻，故改「之」爲「者」。之、者通用。

黍　苗

周語韋注：「黍苗，道召伯述職，勞來諸侯也。」左傳襄十九年杜注：「黍苗，美召伯勞來諸侯。」

蓋云歸哉。

蓋當讀爲盇。爾雅釋言：「曷，盇也。」廣雅：「曷、胡、盇，何也。」

原隰既平，泉流既清。

説苑建本篇：「夫本不正者末必倚，始之盛者終必衰。詩云：『原隰既平，泉流既清。』本立而道生，是故君者貴建本而立始。」

隰　桑

心乎愛矣，遐不謂矣。

遐不，猶言胡不。

白華

白華菅兮，白茅束兮。

首章以菅茅之見用，興申后之見棄。

左傳引逸詩曰：「雖有絲麻，無棄菅蒯。雖有姬姜，無棄憔悴。」以「菅蒯」喻「憔悴」，與此詩之取興於菅茅者同義。

英英白雲，露彼菅茅。

以天地之覆露菅茅，興王之黜退申后，爲菅茅不若也。

天步艱難，之子不猶。

韓詩云「天行艱難於我身」，因而之子不以我爲可也。

滮池北流，浸彼稻田。

起興與上章同。

嘯歌傷懷，念彼碩人。

本詩「之子」斥幽王，「碩人」指申后。衛莊姜賢而無子，而詩賦碩人；申后賢而被黜，詩亦稱爲「碩人」。

樵彼桑薪，卬烘于煁。

按：桑之爲言喪也，薪之爲言新也。桑薪以喻褒姒，言其因此將喪亡也。傳、箋説皆非。桑薪養人，於義無取。

維彼碩人，實勞我心。

此言申后之不見禮爲可憂。

鼓鍾于宫，聲聞于外。

序所謂下國皆化之也。

念子懆懆，視我邁邁。

説文：「懆，愁不安也。」「怖怖，恨怒也。」「邁」爲「怖」之聲近假借。

有扁斯石，履之卑兮。

何楷古義云：「履之卑兮，是倒文，言乘石卑下，猶得蒙王踐履。」此興后之爲王所棄也。后亦履石，經傳無征。「履之卑兮」，猶云卑亦履之兮。倒文以取韻也。

瓠葉

幡幡瓠葉，采之亨之。

後漢書劉昆傳：「王莽世，教授弟子恒五百餘人。每春秋饗射，備列典儀，以素木瓠葉爲俎豆。」

君子有酒，酌言獻之。

每酌言「言」者，鄭意言「我」也。酢爲賓報主人之酒，不當稱「言」也。然「言」當訓「而」，鄭訓非。

君子有酒，酌言醻之。

凡主人進賓之酒曰獻，賓報主人之酒曰酢，主人先飲此，勸賓之酒曰醻。

漸漸之石

山川悠遠，維其勞矣。

勞讀爲遼。劉向九嘆：「山修遠其遼遼兮。」

漸漸之石，維其卒矣。

卒爲崒之借。説文：「崒，危高也。」

有豕白蹢，烝涉波矣。

傳：「蹢，蹄也。」箋：「四蹄皆白曰駭。」釋文：「駭，户楷反。」爾雅、説文皆作「豥」，古哀切。箋：「今離其繒牧之處，與衆豕涉入水之波漣矣。」爾雅：「豕所寢曰橧。」方言亦作「橧」，从木，音同。

月離于畢，俾滂沱矣。

疏以月爲畢所離而雨，是陰雨之星，故謂之陰星。是也。

鄭洪範注謂雨爲木氣，畢西方金宿，金克木。木爲妃，畢好其妃，故多雨也。

苕之華

牂羊墳首。

釋畜〔一〕："羊，牡，羒；牝，羭。"此"墳"爲"羒"之假借字。牂羊之身，而欲其爲牡羒有角之首，此隱語體，與"濟盈不濡軌，雉鳴求其牡"及鶴鳴全章同。

何草不黄

何人不將。

將，猶送也。

何草不玄，何人不矜。

九月爲玄，見爾雅釋天。孫炎云："物衰而色玄也。"矜讀若鰥，病也。

〔一〕畜，原作"獸"，今據《爾雅》改。

有芃者狐，率彼幽草。有棧之車，行彼周道。

「有芃」猶「芃芃」也，狐毛叢雜貌。正義：「有棧，是車狀，非士所乘之棧名也。」

朱傳：「言不得休息也。」

大雅

文王

文王在上，於昭於天。

於，發語詞。

有周不顯，帝命不時。

「不顯」猶「丕顯」，「不時」猶「丕承」。「時」當讀爲「承」，承、時一聲之轉。大戴少閒篇「時天之氣」即「承天之氣」。楚策「仰承甘露而飲之」，新序雜事篇「承」作「時」。孟子引書云：「丕顯哉，文王謨！丕承哉，武王烈！」君奭：「在讓後人於丕時。」此換文取韻例，原當作「帝命丕承」。

陳錫哉周。

馬云：「『陳錫』即『申錫』之假借……商頌烈祖篇『申錫無疆』。申，重也。重錫，言錫之多。左傳『陳錫載周，能施也』，施即錫字。」

箋訓「哉」爲「始」者，左傳宣十五年引此詩而釋之曰：「文王所以造周，不是過也。」國語：「故能載周，以至於今。」廣雅釋詁：「作、造，始也。」作周、造周、載周、哉周，其義皆始周也。

按此句意即皇矣篇「既受帝祉，施于孫子」也。

不顯亦世。

魏書禮志引詩作「不顯奕世」。汪中曰：「亦世即奕世也。亦與奕古本通用。奕之言繹也。玉篇：『繹，長也。』奕世即長世也。或亦訓爲累世。」

穆穆文王，於緝熙敬止。假哉天命，有商孫子。

有，撫有也。敬止，止於至善也。爲人君止於仁，與國人交止於信，故能堅固天命而撫有商造也。

其麗不億。

猶言其數不可以億計也。

上帝既命，侯于周服。

王肅云：「天既命文王，則維服於周。」趙岐孟子注：「天既命之，維服於周。」爾雅釋詁：「侯，乃也。」朱傳：「侯，維也。上帝之命，集於文王，而今皆維服於周矣。」此倒文取韻例，順文當作「侯服于周」。

祼將于京。

將，奉持之也。

無念爾祖。

爾雅釋訓：「勿念，勿忘也。」孝經釋文引鄭注：「無念，無忘也。」念之訓忘，猶亂之訓治、徂之訓存也。

駿命不易。

釋文：「不易，言甚難也。」

命之不易，無遏爾躬。宣昭義問，有虞殷自天。

宣，明也。問，聲問。有，又也。虞，度也。又度殷之所以存亡得失於天命，而引以爲法戒。

上天之載，無聲無臭。儀刑文王，萬邦作孚。
然上天之載，無聲無臭，天道難可度知，惟是儀刑文王，萬邦自信而順之，亦不必急急於天命之揣度也。

大明

馬云：「大明，蓋對小雅有小明篇而言。」
天難忱斯，不易維王。天位殷適，使不挾四方。
傳曰：「挾，達也。」孔廣森云：春秋傳曰：『天子有方望之事，無所不通。』三朝記曰：『天子之官四：通、正、地、事也。』以不得嗣王位，爲不得通於四方。」
維德之行。
行，列也。維德之行，猶言德與王季是齊也。
大任有身，生此文王。
依朱傳，此二句宜上屬爲章。

文王嘉止，大邦有子。

依朱傳，此二句上屬爲章。

此二句入上章方韻。按：止爲語詞，不入韻，子乃入韻。此文本當作「大邦有子，文王嘉止」，倒文以取韻耳。

俔天之妹。

傳曰：「俔，磬也。」正義曰：「蓋如今俗語譬喻物云磬作然也。」按，説文：「俔，譬喻也。」天妹猶今言天女也。「俔天之妹」猶言如天女也。後漢書胡廣傳「俔天必有異表」，俔天謂如天也。

于周于京，纘女維莘，長子維行。

于周于京，太姒往周京也。「于周于京，纘女維莘」二句，猶言于周于京者，有莘之女爲文王之繼室者也。

陳奂云：「尚書無逸篇：『文王受命唯中身，厥享國五十年。』此文王享國之年數也。又逸周書度邑篇：『武王克殷，告叔旦曰：惟天不享於殷，發之未生，至於今六十年。』此武王克殷之年數也。武王克殷年近六十，其在位已十有三年，此外四十七年皆在文王享國數内。武王之生，應在文王即位之三四年中。然則文王之取太姒，在文王即位後。書有明文，或可據此數而推知也……此篇言太姒之來歸周京，已在天命文王之既集。玩詩詞，正與尚書『受命中身』語合……明鄒忠胤意太姒爲文王之繼妃，以解經『纘女維莘』句，以文王即位後取太姒。準諸事理，似乎有據，姑記於此。

王葵園云：「『文王初載』，毛訓『載』爲『識』，已滋疑竇，若解『纘女』爲繼妃，則與文王即位初年合，可以釋『載』爲『年』，一也。『長子維行』，毛訓『長女』，但武王之先有伯邑考，雖曰早死，此亦文王、太姒之長子，不應竟置不論。若即以長子指伯邑考，『維行』解如箋説『維德之行』，然後接詠武王，文義大順，二也。經義、史年一一吻合，事在不疑，可質後世矣。」

上言「維德之行」者，言太任德齊王季。此言「長子維行」，者，言太姒德等文王也。

燮伐大商。

馬云：「『燮伐』即『襲伐』之假借……逸周書文傳解引開望曰：『土廣無守，可襲伐。』風俗通皇霸篇引下章『肆伐大商作『襲伐』』……『燮伐』與『肆伐』義相成，『燮伐』言其密，『肆伐』言其疾也。」按：襲、燮、肆，並聲之變轉。

矢于牧野。

馬云：「爾雅釋言：『矢，誓也。』虞翻易注曰：『矢，古誓字。』矢于牧野，謂周王誓師於牧野。」

維予侯興，上帝臨女，無貳爾心。

予，武王自謂也。侯，乃也。言唯予乃興。三語並誓言。

牧野洋洋，檀車煌煌，駟騵彭彭。

傳云：「洋洋，廣也；煌煌，明也。駵馬白腹曰騵，言上周下殷也。」按：周尚赤，殷尚白。

會朝清明。

傳云：「會，甲也。不崇朝而天下清明。」按：甲之爲言浹也。大明八章，四章章六句，四章章八句。朱傳云：「一章言天命無常，唯德是興。二章言王季、太任之德以及文王。三章言文王之德。四章、五章、六章言文王、太姒之德，以及武王。七章言武王伐紂。八章言武王克商，以終首章之意。其章以六句八句相間。」

緜

緜緜瓜瓞。

傳云：「緜緜，不絶貌。瓜，紹也。瓞，瓝也。」焦循曰：「毛蓋以瓜紹明不絶之義，若曰所謂緜緜不絶者，此瓜紹也。」焦循以瓜之相紹明不絶，非以紹釋瓜也。

周原膴膴。

魏都賦注引韓詩作「腜腜」，善也。「腜」通作「每」，説文：「草盛上出也。」左傳僖二十八年：「原田每每。」

迺慰迺止。

猶言爰居爰處。

迺宣迺畝。

宣，迴旋發地也。畝，言其發之直也。

周爰執事。

言執事於周也。倒文以取韻例。

其繩則直，縮版以載，作廟翼翼。

爾雅釋器：「繩之謂之縮之。」載讀爲栽，説文：「築墻長板也。」

削屢馮馮。

傳：「削墻鍛屢之聲馮馮然。」按：屢，隆起者。馬云：「削去其墻土之隆高者，使之平且堅也。惟其隆高，故宜削耳。」

肆不殄厥愠，亦不隕厥問。柞棫拔矣，行道兑矣，混夷駾矣，維其喙矣。

首二句，孟子趙注言：「文王既不殄絶畎夷之愠怒，亦不能損失文王之善聲問也。」王云：「自太王以來，至今百餘年，未能殄滅之，而夷狄亦不能得志於我，以隕我國家之聲問。」按：此二句正言文王事昆夷之事。下四句乃言終伐昆夷之事。柞棫二句，傳曰：「兑，成蹊也。」柞棫叢生塞路，拔而去之，故行路開通，不煩迂折。「行道兑矣」，猶皇矣言「松柏斯兑」也。拔，亦訓盡。爾雅釋詁：「拔，盡也。」王云：「塞途之樹既盡，故行道皆兑然而成蹊。」

「混夷」二句，傳曰：「駾，突。喙，困也。」昆夷奔突於平直之道路，終亦困極而不能與大邦爲仇也。皇矣「帝遷明德，串夷載路」，謂此也。伐昆夷在文王四年，尚書大傳：「文王受命四年，伐犬夷。」鄭注：「犬夷，混夷也。」

虞芮質厥成，文王蹶厥生。

爾雅釋詁下：「蹶，嘉也。」生，性也。「蹶厥生」，嘉其性之可與爲善也。馬云：「生、性古通用。『蹶厥生』，謂文王有以感動其性也……正傳所云二國之君感而相讓，以其所爭田爲閒田而退者也。」

予曰有疏附，予曰有先後，予曰有奔奏，予曰有禦侮。

人性既可感化，故能收天下之人材而供其奔走禦侮之用也。箋云「謂廣其德而王業大」，謂此。

棫樸

遐不作人。

王云：「遐、瑕同聲，遐不猶瑕不，即胡不也。」潛夫論德化篇引「遐不」作「胡不」。

追琢其章。

言其文美也。

金玉其相。

言其質美也。

旱麓

鳶飛戾天，魚躍于淵。

禮中庸引此詩，鄭注：「言聖人之德至於天，則鳶飛戾天；至於地，則魚躍於淵。是其明著於天地也。」

清酒既載。

馬云：「説文：『䵧，設〔二〕飪也，丮也。从丮食，才聲，讀若載。』此詩『載』即『䵧』字之同音假借。」

民所燎矣。

馬云：「民所燎矣，當謂取爲燔柴之用，箋云『除其旁草』，非也。」

莫莫葛藟，施于條枚。豈弟君子，求福不回。

禮表記鄭注：「言樂易之君子，其求福，修德以俟之，不爲回邪之行，要之如葛藟之延蔓於條枚，是其性也。」

思齊

不顯亦臨，無射亦保。

雖不顯如有臨之者，雖無射者而能保。

〔二〕「設」下原有「也」字，今據馬瑞辰毛詩傳箋通釋删。

「不顯亦臨」，祭神如神在也；「無射亦保」，如臨深淵，如履薄冰也。言文王無時不警惕。

「無曰不顯，莫予云睹」，不顯亦臨之謂也；無射，人無射己者。「在彼無惡，在此無射，庶幾夙夜，以永終譽」，無射亦保之謂也。

肆戎疾不殄，烈假不瑕。

風俗通：「戎者，兇也。」假，讀如瘕。箋云：「假，病也。瑕，已也。」按：「不」讀如「丕」。「戎疾不殄」，戎疾丕殄也。「烈假不瑕」，烈瘕大已也。

不聞亦式，不諫亦入。

此與上「不顯亦臨」句調同，意亦相近。式，用。入，納也。

譽髦斯士。

譽，樂也。爾雅釋言：「髦，選也。」

皇矣

其政不獲。

按：「獲」爲「彟」之同聲假借字，彟，度也。「其政不獲」，猶言其政不度也。小雅楚茨「禮儀卒度，笑語卒獲」，獲亦當讀爲彟，言禮儀笑語有合於法度也。箋訓爲得，失之。

維彼四國。

此「四國」，猶尚書多方「惟爾多方罔堪顧之」之多方，箋指密、阮、阻、共，非。

作之屏之，其菑其翳。

作，去也。屏，猶除也。皆謂拔去之。傳曰：「木立死曰菑，自斃曰翳。」翳爲「殪」之借字。後漢書光武紀注：「殪，僕也。」翳者，已踣而枝干蔽地也。

其灌其栵。

木之既髡復生者爲栵。爾雅釋詁：「烈，枿餘也。」方言：「陳、鄭之間曰枿，晉、衛之間曰烈。」栵與烈通。

串夷載路。

言羼露也。

帝省其山，柞棫斯拔，松柏斯兑。

説文：「省，視也。」又云：「相，省視也。」

松柏以夾路，故傳訓兑爲易直。

「柞棫斯拔，松柏斯兑」，無深山窮谷可憑，故串夷載路而不能與周爲難也。

王云：「緜篇『柞棫拔矣，行道兑矣』，即上數句之事。『昆夷駾矣，惟其喙矣』，即『串夷載路』之事。」

自太伯王季。

韓詩外傳：「孔子曰：太王獨見，王季獨知；伯見父志，季知父心。故太王、太伯、王季，可謂見始知終而能承志矣。」王云：「詩言天之興周邦、立明君，自太伯、王季之相讓始。」

維此王季，帝度其心，貊其德音，其德克明，克明克類，克長克君。

「王季」，各本作「文王」。左傳昭二十八年引詩作「維此文王」。正義云：「王肅注毛詩及韓詩亦作『唯此文王』。」又樂記引「貊其德音」十句，鄭注：「言文王之德皆能如此。」徐幹中論務本篇云：「詩陳文王之德，曰『惟此文王。』」並其證。王云：「傳作王季，王肅申毛改文王，鄭箋仍作王季，是毛本如此。」

貊，静也。釋言：「漠，清也。」按：清，察也。

王、明韻；心、音韻；類、君、比韻，君、類對轉。

克順克比。

文王之德，能使民順比。

比，齊、魯皆作「俾」。按：爾雅：「俾，從也。」

比于文王，其德靡悔。

王云：「言民之親比於文王也。」

公劉傳云：「民無長嘆，猶文王之無悔也。」

無然畔援，無然歆羨，誕先登于岸。

「然」猶「任」，無任諸侯跋扈貪羨也。岸即「高岸爲谷」之「岸」。此三句皆帝所謂。帝謂文王曰：當世諸侯互相吞噬，爾既先登厥岸，宜負拯救之責，毋任群侯之畔扈貪羨，以至於强凌弱、衆暴寡，漠不相關也。以起下文怒整師旅也。

密人不恭，敢距大邦，侵阮徂共。

孔疏引王肅云：「無阮、徂、共三國。孔晁云『周有阮、徂、共三國』，見於何書？」

以按徂旅。

王肅云：「以止徂莒之寇。」

孟子引作「以遏徂莒」，趙注：「以遏止往伐莒者。」

韓非子難二云：「文王伐盂、克莒、舉酆，三舉事而紂惡之。」是當時有莒國之證。

以對于天下。

傳：「對，遂也。」猶言「對揚」「遂揚」也。

依其在京，侵自阮疆。

王引之云：「依之言殷，殷，盛也。言文王之兵盛依然其在京地也。」

戴震云：「疑『侵』當作『寢兵』之寢，息兵也。」馬云：「戴説是也。『依其在京』，是已還兵於周，則『寢自阮疆』是追求其息兵於阮疆之始。毛傳以侵阮者必爲密須，則周人伐密所以救阮，不得言侵阮也。」

予懷明德，不大聲以色，不長夏以革。不識不知，順帝之則。

汪氏德鉞曰：「『不大聲以色』者，不道之以政也。聲，謂發號施令；色，謂象魏懸書之類。『不長夏以革』者，不齊之以刑也。夏，謂夏楚，扑作教刑也；革，謂鞭革，鞭作官刑也。」

馬云：「以、與古通用。中庸引此詩而釋之曰：『聲色之於以化民，末也。』以聲色對舉，是其證矣。」

吕氏春秋本生篇：「若此人者，不言而信，不謀而當，不慮而得。」高注引詩「不識不知」爲證。

今案：「予懷明德，不大聲以色」者，即中庸所謂「不賞而民勸」也；「不長夏以革」

者，即所謂「不怒而民威於鈇鉞」也；「不識不知，順帝之則」，即所謂「君子篤恭而天下平」也。

同爾兄弟。

後漢書伏湛傳引此語作「同爾弟兄」，兄與方韻，當從之。韻因常語而致誤。

是類是禡，是致是附。

馬云：「左傳襄二十五年『鄭入陳，祝祓社』，即詩之『是類』也。又曰『司徒致民，司馬致節，司空致地』，即詩之『是致』也。左傳隱十一年曰『吾子其奉許叔以撫柔此民也』，即詩之『是附』也。」

靈臺

賁鼓維鏞。

傳云：「鏞，大鍾也。」按：爾雅孫炎注：「鏞，深大之聲。」

下武

下武，繼文也。

馬云：「此詩序言『繼文』，與文王有聲序言『繼伐』相對成文。繼伐爲繼武功，則繼文爲繼文德。」

世德作求。

馬云：「求讀爲逑。逑，匹也，配也。作求，即作配耳。康誥：『我時其維殷先哲王德用康乂民作求。』某氏傳釋『作求』曰『求等』，正讀『求』如『逑』。彼言作配於殷先哲王，此言作配於周三王也。」

永言配命。

文王詩「永言配命」，傳、箋皆云配天命。

陳奂云：「永言配命，言武王長配天命也。」

「成王之孚」章。

「媚兹一人」章。

此二章宜爲一章，本詩五章，皆上下相録，又兩章韻叶。

應侯順德。

爾雅釋詁：「侯，乃也。」「應侯順德」猶左氏傳「應乃懿德」也。

昭哉嗣服。

昭兹來許。

廣雅釋詁：「服、進，行也。」又曰：「許、御，進也。」謝沈書引作「昭哉來御」是也，續漢書祭祀志同。服者，舟之進；御者，車之進；行者，足之進。「嗣服」「來許」，均猶後進也。此换文取韻例。

繩其祖武。

繩之言承也。抑詩「子孫繩繩」，韓詩外傳作「承承」，是也。

不遐有佐。

遐讀如胡。「不瑕有害」言不大有害。「不遐有佐」，猶言不大有差也。佐當讀如差，

「不遐有佐」，猶言不遐有害也。

文王有聲

文王有聲，遹駿有聲。遹求厥寧，遹觀厥成。

戴震曰：「凡詩中言『遹』、言『聿』、言『曰』，皆『欥』之通借，爲承明上文之詞。」説文：「欥，詮詞也。」引詩「欥求厥寧」。「詮詞」，承受上文所發端，詮而釋之也。

詩意言「文王有聲」者，非僅偶然小有令名而已，實乃大有聲也。其所以大有聲者，因其能勤求寧民之道，故至武王之世，乃能伐紂勝紂，視厥成功也。

匪棘其欲。

禮器引作「匪革其猶」。

遹追來孝。

「遹」讀爲「欥」。「來孝」猶言前文人也，「來」可訓後，亦可訓前。

王公伊濯。

傳：「濯，大。」韓詩：「濯，美也。」

維禹之績。

馬云：「績當爲迹之假借。」

皇王維辟。

辟，法也。

無思不服。

箋釋「思」爲「心」，本孟子。

豐水有芑，武王豈不仕，詒厥孫謀，以燕翼子。

禮表記注云：「芑，枸檵也。仕之言事也。詒，遺也。燕，安也。烝，君也。言武王豈不念天下之事乎？如豐水之有芑矣，乃遺其後世之子孫以善謀，而安翼其子也。」疏申鄭説云：「翼，助也。謂以王業保安翼助其子孫。」

生民

生民，郊祀后稷以配天，文王，尊祀文王於明堂以配上帝也。

克禋克祀，以弗無子。

許氏益之曰：「弗無之爲言有也，猶『莫匪爾極』即皆是爾極也。」戴震曰：「不直言有子，而曰『以弗無子』，反言以見其非理之常。又二章『居然生子』，亦出於意外之詞。」按：「克禋克祀，以弗無子」，即克禋克祀以有子，不假人道也。傳云：「后妃率九嬪御。」按：從往侍祠也。

傳云：「乃禮天子所御。」按：謂今有娠者。

傳云：「帶以弓韣，授以弓矢。」按：求男之祥也。

履帝武敏歆。

爾雅釋訓：「履帝武敏。武，迹也；敏，拇也。」

馬云：「歆之言忻，即史記所謂『忻然欲踐之』也。詩先言『履帝武敏』，後言『歆』者，倒文耳。」

箋云：「心體歆歆然。」史作心忻忻悅。

攸介攸止。

介之言別，止之言處。別室而居，閉房而處也。

誕彌厥月，先生如達。

傳云：「誕，大。」按：誕，助詞。人之生子，頭胎最難，故詩以「先生」言之。虞東學詩云：「人之初生，皆裂胎而出，驟失所依，故墮地即啼。唯羊連胞而下，其産獨易，故詩以『如達』爲比。」

以赫厥靈。

以，接續詞。

上帝不寧。

賴上帝之靈而姜嫄丕寧。

不康禋祀，居然生子。

康，虛也。「不康禋祀」，言不虛此一行，居然生子也。

牛羊腓字之。

「腓」讀如厞隱之「厞」，謂隱蔽之也。傳云：「腓，辟。」按：毛傳辟讀如避。

誕寘之平林，會伐平林。

二句間韻。周本紀：「徙置之林中，適會山林多人，遷之而棄渠中冰上。」

鳥乃去矣，后稷呱矣。

至此始離於胞，故有啼泣之聲。則初生時如達羊之藏在胞中，其無啼聲可知。其前之疑而棄之，或以此耳。

實覃實訏，厥聲載路。

二句當與上文爲一章。爾雅釋言：「覃，延也。」

克岐克嶷。

岐當讀爲企，舉踵也。説文：「嶷，小兒有知也。」引此。

以就口食。

「就」以叠韻訓爲「求」，易頤：「自求口食。」

禾役穟穟。

役爲穎之假，説文：「穎，禾末也。」引詩作「禾穎穟穟」。

有相之道。

猶有見助之道。

即有邰家室。

即，就也。言成就有邰之國也。

以歸肇祀。

此后稷始祀也。天降嘉種，故后稷始祀天也。

誕我祀如何？或舂或揄，或簸或蹂。釋之叟叟，烝之浮浮，載謀載惟，取蕭祭脂，取羝以軷，載燔載烈。

此周公郊祀也。

「取羝以軷」，傳云：「軷，道祭也。」

按：謂冬祭行神，月令「孟冬之月，其祭行」注：「行在廟門外之西爲軷。」馬云：「取羝以軷，正冬行祭神之禮。祭行則祀無不舉，而今歲之祀畢矣。」

胡臭亶時。

馬云：「廣雅釋詁：『胡，大也。時，善也。』胡臭謂芳臭之大。猶士冠禮『永受胡福，謂大福也』，載芟詩『胡考』猶云大老也……『胡臭亶時』，與士冠禮『嘉薦亶時』句法相似，亶時猶云誠善也。」

后稷肇祀，庶無罪悔，以迄于今。

表記鄭注：「言祀后稷於郊以配天。」前肇祀，后稷祀天也。此章則周郊祀后稷以配天也。

行葦

敦弓既堅，四鍭既鈞，舍矢既均，序賓以賢。

舍矢既均，變文取韻例。

公劉

思輯用光。

言思和其人民，用光大其前業也。

干戈戚揚。

傳云：「揚，鉞也。」按：揚、鉞聲之變轉。

爰方啓行。

集傳：「方，始也。」

傳：「以方開道路，去之豳。」方讀如旁。

既順迺宣。

既順民心，又宣教令。

而無永嘆。

傳云：「猶文王之無悔也。」按，皇矣：「比于文王，其德靡悔。」

何以舟之？

傳云：「舟，帶也。」箋訓「舟」爲「進」，非是。

維玉及瑤，鞞琫容刀。

以玉飾琫，以瑤飾鞞。瞻彼洛矣傳：「天子玉琫而珧珌。」

乃覯于京。

覯讀爲冓，交積材也，備築事。

篤公劉，于京斯依，蹌蹌濟濟，俾筵俾几。

何楷詩世本古義、錢澄之田間詩學並以「于京斯依」四語爲宗廟始成之禮。

既登乃依。

祭統曰：「鋪筵設幾，爲依神也。」

乃造其曹。

造讀祰，説文：「祰，告祭也。」曹讀爲禮，藝文類聚引説文「祭豕先曰禮」。馬云：「將用豕，而先告祭於豕先，猶將差馬而先祭馬祖也。」

止基迺理。

止猶既也，下「止旅」之「止」同。

芮鞫之即。

鄭注職方引作「汭泦之即」，水之内曲者曰澳、曰汭，水之外曲者曰究。今讀若鞫，變轉也。

洞酌

可以餴饎。

今人蒸飯熟時，以水淋之謂之打饋。儀禮鄭注：「炊黍稷爲饎。」

豈弟君子。

毛傳訓「弟」爲「易」，喻母讀同定母。

民之攸塈。

塈讀爲嘅，古愛字。

卷阿

來游來歌。

汲冢紀年：「成王三十三年游於卷阿，召康公從。」

似先公酋矣。

「酋」借爲「終」。説文：「終，絿絲也。」此引申爲遺緒。

鳳皇于飛，翽翽其羽，亦集爰止。

胡云：「若云鳳凰于飛，則有此衆多之羽，亦集於所止耳。」

維以遂歌。

爾雅：「對，遂也。」廣雅：「對，答也。」「遂歌」猶「答歌」也。

民勞

無縱詭隨。

廣雅：「詭隨，小惡也。」「縱」，縱其惡也。

以爲民逑。

按：「逑」如「君子好逑」之「逑」，匹也。下武：「王配于京，世德作求。」

以謹罔極。

罔極，言其鬼蜮伎倆不可測度也。

板

上帝板板，下民卒癉。

韓詩外傳：「君反道而民愁。」

出話不然。

善言不以爲然。說文：「話，會合善言也。」

爲猶不遠。

行道而無遠慮。

靡聖管管，不實於亶。

謬爲求賢之詞，實無求賢之誠。

傳云：「管管，無所依繫。」按：依，繫也。

無然憲憲。

憲憲，驕矜之貌。

辭之輯矣，民之洽矣。辭之懌矣，民之莫矣。

「懌」讀爲「斁」，敗也。莫讀爲瘼，病也。四語兼善惡言。說苑善說篇：「子貢曰：『出言陳辭，身之得失，國之安危也。』」引詩下二句，正兼言之。

我言維服。

說文：「艮，治也。」言我言本以圖治。

老夫灌灌。

灌灌，誠實貌。

爾用憂謔。

用老人之憂爲謔也。

無爲夸毗。

傳云：「夸毗，體柔人也。」按：謂屈己卑身以柔順人。

民之方殿屎，則莫我敢葵。

「殿屎」，即爾雅之「戚施，口柔也」。莊子秋水篇爲「謝施」，云「何少何多，是謂謝施」。蓋謂其無是無非也。揆，度也。揆必有表，有所取正。民皆無是無非，故莫敢爲樹是非之準。

如取如攜。

攜亦取也。

攜曰無益，牖民孔易。

天之誘民，以人治人，非取彼以益此也。

民之多辟，無自立辟。

「民之多辟」者，乃法令滋彰之故，戒以無自立於種種法規也。老子云：「法令滋彰，盜賊多有。」

大宗維翰。

大宗，同姓諸侯也。

無獨斯畏。

疏遠賢臣則爲獨夫，斯可畏矣。

敬天之渝。

渝讀爲愉，樂也。

迅雷風烈爲天之怒，和風甘雨爲天之樂。

蕩

而秉義類。

按：秉，用也。

彊禦多懟，流言以對。

懟，怨也。雨無正：「巧言如流。」

寇攘式內。

式，以也。「寇攘式內」，言以寇攘納於君也。

不明爾德，時無背無側。爾德不明，以無陪無卿。

漢書五行志引此詩説之曰：「言上不明，暗昧蔽惑，則不能知善惡。」

人尚乎由行。

尚，猶尊尚也。「由行」，由其道而行也。

匪上帝不時。

時，善也。

顛沛之揭。

説文：「揭，高舉也。」

抑

亦維斯戾。

斯，猶其也。

無競維人。

説文：「競，强語也。」「無競維人」，人猶賢人也，言無强於賢也。此换文取韻例。

本章下四句申上四句。

興迷亂于政。

禮學記注：「興之爲言喜也，歆也。」

女雖湛樂從。

雖，當爲維。

無易由言。

由，道也。

不遐有愆。

此與「不遐有害」「不遐有佐」同。

彼童而角，實虹小子。

按：虹讀如訌，言童而有角，實訌小兒也。訌，俗作哄。傳：「虹，潰也。」亦潰之假借，惑也。

説文：「謂，報也。」段注：「謂者，論人論事得其實也。」禮有往則有來，物有實則有名。無其實而有其名，只是訌訌小兒也。

荏染柔木。

巧言詩傳：「柔木，椅、桐、梓、漆也。」鄘風定之方中：「椅桐梓漆，爰伐琴瑟。」

民之靡盈。

廣雅釋詁：「盈，充也。」穆天子傳卷之一「予一人不盈於德」注：「盈，猶充也。」按：盈猶驕也。

覆用爲虐。

虐之言謔也。板：「匪我言耄，爾用憂謔。」

桑柔

菀彼桑柔。

「桑柔」當作「柔桑」，「菀」以形容桑之盛，不以形容柔也。柔桑猶言柔木也。文言

「桑柔」者，倒文以取韻耳。

倉兄填兮。

「倉兄」叠韻，或爲倉皇，或爲愴怳。宋玉九辨「愴怳兮懭悢」王注：「中情悵惘，意不得也。」

靡國不泯。

王引之云：「泯，亂也。承上亂生不夷言之，故曰靡國不亂耳。康誥：『天惟與我民彝大泯亂。』泯亦亂也。」

民靡有黎。

黎，老也。馬云：「民靡有黎，謂老者轉死溝壑。」

國步蔑資。

説文：「蔑，持遺也。」國步之艱難，比如行路之無資也。馬氏説。

靡所止疑。

馬云：「疑者，歨之假借。説文：『歨，未定也。』段注：『未，衍字。』是也。」

君子實維，秉心無競。

君子實維秉心無競，作一句讀。

亂況斯削。

「亂況」猶言亂狀。儀禮鄭注：「削猶殺也。」馬氏說。

誰能執熱，逝不以濯。

段玉裁云：「執熱言觸熱、苦熱。濯謂浴也，濯訓滌也……詩謂誰能苦熱而不澡浴以潔其體、以求涼快者乎？」左傳襄三十一年引此釋之云：「禮之於政，如熱之有濯也。濯以救熱，何患之有？」逝猶逮也

民有肅心，荓云不逮。

民有上進之心，乃使有不及。

好是稼穡，力民代食。

正義曰：「鄭以文勢，『荓云不逮』是退賢，則『好是稼穡』爲進惡。」「稼穡」，鄭本作「家嗇」，解爲「居家吝嗇」。傳云：「力民代食，無功者食天祿也。」按：「代」如孟子

「禄足以代其耕也」之代。此謂「居家吝嗇」者，本應自食其力，今反勞民，以代其耕而爲食。

滅我立王。

馬云：「立、粒古通用。思文詩『立我蒸民』箋：『立當作粒。』粒猶穀也，王猶長也。説文：『稷，齋也。五穀之長。』粒王猶之穀長，謂天先殘滅其五穀之長。」

具贅卒荒。

馬云：「廣雅釋詁：『贅，聚也。』……具贅卒荒，庶而不能富也。」

靡有旅力，以念穹蒼。

旅，陳也。言無有陳力以格天心者。

民人所瞻。

瞻、彰一聲之轉。毛傳「瞻」即「彰」字之假借，猶之集、就雙聲，毛借「集」爲「就」，務、侮雙聲，詩借「務」爲「侮」也。韻補引漢溧陽長潘乾校官碑「永世支百，民人所彰」可證。馬氏説。

秉心宣猶。

韓詩淇奥傳：「宣，顯也。」廣雅釋詁：「猶，順也。」「秉心宣猶」，言其持心明且順耳。馬氏説。

瞻彼中林，甡甡其鹿。朋友以譖，不胥以穀。

馬云：「鹿性旅行見食相呼，爲朋友群聚之象。故詩以興朋友之不相善。」

進退維谷。

按：「谷」，深谷也。「進退維谷」，言勢兩難也。

阮元謂「谷」乃「穀」之假借字，穀，善也。變文取韻之例也。晏子春秋晏子對叔向引詩以證「君子進不失忠，退不失行」，韓詩外傳引詩以證石他之「進盟以免父母，退伏劍以死其君」，皆謂處兩難善全之事而處之皆善也。

匪言不能，胡斯畏忌？

雨無正：「哀哉不能言，匪舌是出，維躬是瘁。」

大風有隧，有空大谷。

王引之云：「有隧，形容其迅疾也。有空亦形容大谷之辭也……先言有空，後言大谷，變文與下爲韻耳。」

征以中垢。

中，得也。垢，塵垢也。小雅無將大車：「維塵冥冥。」韓詩外傳云：「征以中垢，冥行也。」

大風有隧，貪人敗類，聽言則對，誦言如醉。

貪人謂執政也。傳訓類爲善。汲冢周書芮良夫解篇曰：「后作類，后弗類，民不知后，惟其怨。」作類，作善也。聽言，順從之言。爾雅釋言：「對，遂也。」説文：「豙，從意也。」説文：「誦，諷也。」誦言，即諷諫之言也。詩言貪人聞順從之言則從之，聞諷諫之言則如醉。

嗟爾朋友。

指同列諸臣。芮良夫解篇：「惟爾執政朋友小子。」周書序謂「芮伯稽古作訓，納王於善，暨執政小臣咸省厥躬。」

予豈不知而作。

作，作歌。末章「既作爾歌」。

如彼飛蟲，時亦弋獲。

飛鳥難射，時亦射獲，喻貪難知，時亦得窺測之。

既之陰女，反予來赫。

之猶其也。陰讀爲諳。來，是也。

職涼善背。

善欺背也。

民之未戾。

廣雅釋詁：「戾，善也。」

雲漢

后稷不克。

克，肩也。肩，任也。箋曰：「克當作刻。刻，識也。」按：不克與不測對文，則克當作識知説。

則不我遺。

馬云：「遺，當讀如問遺之遺。廣雅釋詁：『問，遺也。』」

先祖于摧。

馬云：「摧與讙通。邶風『室人交徧摧我』箋：『摧者，刺譏之言。』韓詩作讙，云：『灌，訧也。』以下章『讁我』類之，摧亦讁耳。先祖于摧，謂先祖方見讁罰也。」

靡人不周，無不能止。

傳云：「周，救也。無不能止，言無止不能也。」按：雖周救而不能無休止之時。倒文取韻例。

昭假無贏。

昭假，感格也。猶言精意以享也。廣雅釋詁：「贏，過也。」

曷惠其寧。

惠與惟同用。

崧　高

王纘之事。

之猶其也。

烝　民

四方爰發。

馬云：「商頌『遂視既發』箋：『發，行也……乃遍省視之，教令則盡行也。』此詩『發』亦當訓行，承上賦政於外言之。曰方爰發，猶云四方之政行焉。」

我義圖之。

義，集傳作「儀」，云「度也」。

愛莫助之。

德之舉也無形，無形者不可助，故云。

韓奕

因以其伯。

此句屬下讀，伯讀爲賦。

常武

以修我戎。

戎當爲武。泰誓曰：「我武維揚。」

瞻卬

瞻卬，凡伯刺幽王大壞也。集傳：「此刺幽王嬖褒姒、任奄人以致亂之詩。」

瞻卬昊天，則不我惠。孔填不寧，降此大厲。邦靡有定，士民其瘵。蟊賊蟊疾，靡有夷屆。罪罟不收，靡有夷瘳。

傳：「填，久。厲，惡也。瘵，病。瘳，愈也。」箋：「惠，愛也。屆，極也。天下騷擾，邦國無有安定者，士卒與民皆勞病。」今謂爾雅：「食節賊，食根蟊。」下「蟊」字，侵侔也。説文「吏抵冒取民財則生」是也。「疾」爲「竊」之同聲假借。説文「盗自中出曰竊」是也。「侔」承「蟊」言，「竊」承「賊」言，皆取聲義相近之字爲文也。夷猶攸也，攸，所也。罪罟對言，罪亦罟也。以喻刑網收斂也。病止曰瘳。言貪吏侵民，罔有所屆，淫刑以逞，罔有所止也。

人有土田，女反有之。人有民人，女覆奪之。此宜無罪，女反收之。彼宜有罪，女覆説之。

傳連下二句爲章，茲從朱傳。箋：「覆猶反也。」傳：「收，拘收也。説，赦也。」今謂

「有之」之「有」，言取而有之。此承上章末四句言。上四句言貪吏侵漁也，下四句言淫刑以逞也。

哲夫成城，哲婦傾城。懿厥哲婦，爲梟爲鴟。婦有長舌，維厲之階。亂匪降自天，生自婦人。

傳皆連下二句爲章，今依義改正。

傳：「哲，知也。」箋：「城，猶國也。丈夫，陽也。陽動，故多謀慮則成國。婦人，陰也。陰静，故多謀慮乃亂國。懿，有所痛傷之聲也。厥，其也。其，幽王也。梟鴟，惡聲之鳥，喻褒氏之言無善。階，所由上下也。今王之有此亂政，非從天而下，但從婦人出耳。」今謂此章原亂之所由起。

匪教匪誨，時維婦寺。鞫人忮忒，譖始竟背。豈曰不極，伊胡爲慝？如賈三倍，君子是識。婦無公事，休其蠶織。

傳：「寺，近也。忮，害。忒，變也。休，息也。」箋：「鞫，窮也。竟，猶終也。胡，何。慝，惡也。識，知也。賈物而有三倍之利者，小人所宜知也，君子反知之，非其宜也。今婦人休其蠶桑織紝之職，而與朝廷之事，其爲非宜，亦猶是也。」今謂「寺」，寺人也。「匪教匪誨」者，言女子與小人難於教誨也。孔子云：「近之則不孫，遠之則怨。」鞫如「鞫獄」之「鞫」，說文作「簕」，云：「窮治罪人也。」此云「鞫人」，言刺探人之意旨也。譖爲「僭」之借。說文：「僭，假也。」假，非真也。言婦寺鞫人之術，忮害變幻，始爲諞言，終至違背。「豈曰不極」，言極惡也。反言以明之。慝，周禮注：「陰姦也。」「伊胡爲慝」者，言爲何而爲慝至於斯極乎？此問詞，下四句乃答詞。「如賈三倍，君子是識」，言爲其所不當爲也。「婦無公事，休其蠶織」，言不爲其所當爲也。不爲其所當爲，則必爲其所不當爲也。春秋傳記魯敬姜論勞逸之義如此。

天何以刺？何神不富？舍爾介狄，維予胥忌。不弔不祥，威儀不類。人之云亡，邦國殄瘁。

傳：「刺，責。富，福。忌，怨也。類，善；殄，盡；瘁，病也。」今謂介，大也。說文：「狄之爲言淫辟也。」廣雅釋言：「狄，辟也。」介狄，大爲淫辟者。猶言女戎也，暗指褒姒。詩言：天何以刺責？爾神何以不加福於爾國？舍蠱惑爾之介狄，反與我相怨也。「不祥」者，孟子云：「言無實不祥，不祥之實，蔽賢者當之。」「弔」，閔也。「不弔不祥」，言不以不祥爲可弔也。「威儀不類」者，言威儀不比於善人也。皇矣：「克明克類，克長克君。」「不弔不祥」，不明也；「維予胥忌」，不類也。不明不類，則不能君長。故云「人之云亡，邦國殄瘁」。

天之降罔，維其優矣。人之云亡，心之憂矣。天之降罔，維其幾矣。人之云亡，心之悲矣。

傳：「優，渥也。幾，危也。」箋：「優，寬也。天下羅網，以取有罪，亦甚寬。謂但以災異譴告之，不指加罰於其身，疾王爲惡之甚。賢者奔亡，則人心無不憂。幾，近也。言災異譴告，離人身近，愚者不能覺。」

觱沸檻泉，維其深矣。心之憂矣，寧自今矣！不自我先，不自我後。藐藐昊天，無不克鞏。無忝皇祖，式救爾後。

傳：「藐藐，大貌。鞏，固也。」箋：「檻泉正出，涌出也。觱沸其貌。涌泉之源，所由者深，喻己憂所從來久也。惡政不先己，不後己，怪何故正當之。」今謂：藐藐，遠也。言昊天雖遠於人，國家未有不能鞏固者，無忝皇祖，用能安爾身及爾子孫也。政已大壞，而猶作此希冀之詞，詩人忠厚之意也。

召旻

詩序：「召旻，凡伯刺幽王大壞也。旻，閔也，閔天下無如召公之臣也。」集傳：「此刺幽王任用小人以致饑饉侵削之詩也。」

旻天疾威，天篤降喪。瘨我饑饉，民卒流亡。我居圉卒荒。

傳：「圉，垂也。」箋：「令民盡流移。荒，虚也。國中至邊境，以此故盡空虚。」馬瑞辰云：「傳不釋居字，蓋以居爲語詞，讀同『日居月諸』之居。」

天降罪罟，蟊賊内訌。昏椓靡共，潰潰回遹，實靖夷我邦。

傳：「訌，潰也。潰潰，亂也。」箋：「訌，争訴相陷入之言也。昏椓，皆奄人也。昏，其官名也。椓，椓毁陰者也。王遠賢者而近任刑奄之人，無肯共其職事者，皆潰潰然惟邪是行。」今倡靖讀如踐，實讀如翦。東門之栗「有踐家室」，御覽引韓詩作「靖」，藝文類聚引作「竫」，均靖、踐聲近通讀之證。禮玉藻「弗身踐也」注：「踐當爲翦。」又踐、翦聲近通讀之理。爾雅：「翦，齊也。」説文：「剪，齊斷也。」齊斷曰翦。夷，傷也。靖夷猶言芟夷也。此章言小人賊害邦家，禍由内作。

皋皋訿訿，曾不知其玷。兢兢業業，孔填不寧，我位孔貶。

傳：「皋皋，頑不知道也。訿訿，窳不供事也。貶，隊也。」箋：「玷，缺也。兢兢，戒也。業業，危也。」朱傳：「言小人在位，所爲如此，而王不知其缺。至於戒敬恐懼甚久而不寧者，其位乃更見貶黜。」今謂此章言邪正倒置也。頑窳者不知其污點而使在高位，敬者乃更見貶黜，其顛倒錯亂之甚如此。此文上下文互相足也。足之當云：皋皋訿訿，曾不知其玷，其位有嚴。兢兢業業，孔填不寧，我位孔貶也。

如彼歲旱，草不潰茂，如彼棲苴。我相此邦，無不潰止。

傳：「苴，水中浮草也。」今謂：潰，敗也。相，視也。止，容止也。言歲旱草木枯槁，皆敗其茂，而有不潰其茂者，則必浸潤水中之浮草也。以喻天降喪亂，邦人無不潰其容止，而有不潰其容止者，則必高世獨立之君也。本節亦上下文相互足之。足之當云：如彼歲旱，無不潰茂，草不潰茂，如彼棲苴。我相此邦，無不潰止。不潰其止，如彼君子也。此承上節兢兢業業者言。

維昔之富不如時，維今之疚不如兹。彼疏斯粺，胡不自替？職兄斯引。

傳：「維昔之富不如時，言往者富仁賢，今也富讒佞也。維今之疚不如兹，言明王富賢，今則病賢也。彼宜食疏，今反食精粺。替，廢。引，長也。」箋：「疏，麤也，謂糲米也。彼賢者祿薄食麤，而此昏椓之黨反食精粺。」今謂：時，是。茲，亦是也。職，詞之因也。兄，詞之況也。詩意言：昔之所富者賢，今之所富者佞。今之所疚者賢，古之所疚者佞。然則昔之所富，今不如是。今之所疚，古亦不如是也。上句省一今字，下句省一昔字。此上下文互相足也。昔之所富，適爲今之所疚；昔之所疚，又適爲今之所富。故彼疏而斯粺耳。然則賢者胡不自替乎？則因是非顛倒，亂況日引而愈長，不忍漠視也。桑柔云：「爲謀爲毖，亂況斯削。」本文句例與彼正同。

池之竭矣，不云自頻？泉之竭矣，不云自中？溥斯害矣，職兄斯弘。不烖我躬？

傳：「頻，厓也。泉水從中以益者也。」箋：「頻當作濱。厓，猶外也。自，由也。池水之益，由外灌焉。」今謂：溥，泉之所被也。「篤公劉，逝彼百泉，瞻彼溥原」、禮中庸「溥博淵泉而時出之」可證。弘，廣也。詩意言：池之竭由外灌者涸，泉之竭由中出者窮。池竭尚可仰潤於泉，泉枯則別無望。向所灌溉之處，皆蒙其禍害；而旱荒之象，乃推而益廣。其不災我躬乎？以喻王者當正其心以正朝廷，正朝廷以正百官，正百官以止萬民。君心不正，則禍敗立至也。

昔先王受命，有如召公，日辟國百里。今也日蹙國百里，於乎哀哉，維今之人，不尚有舊？

傳：「辟，開。蹙，促也。」箋：「先王受命，謂文王、武王時也。召公，召康公也。言有如者，時賢臣多，非獨有召公也。今，今幽王臣。」今謂「不尚有舊」者，言不尚有如召公其臣者乎？惜王不知之，或知而不能用也。

周頌

清廟

駿奔走在廟。

禮大傳注：「駿，疾也。」廟中奔走以疾爲敬。

維天之命

文王之德之純。

鄭箋：「純，亦不已也。」説文：「純，絲也。」引申之，純，無雜者也。故曰純亦不已。莊子「參萬歲而一成純」，純亦不已也。

假以溢我。

假，嘉善也。溢，安静也。説文引作「誐以謐我」。誐，嘉善也。謐，静也。

我其收之，駿惠我文王。

傳：「收，聚也。」按：謂聚其休。駿，當讀馴。

烈文

烈文辟公。

烈，言其功；文，言其德。天子曰辟王，諸侯曰辟公。

天作

彼徂矣岐。

韓詩作「彼徂者岐」。

執競

無競維烈。

國語周語「觀式無烈」，韋注：「烈，威也。」「無競維烈」，言無强於其威也。

載見

以孝以享。

孝亦享也。汲冢周書謚法解：「協時肇享曰孝。」

有客

有客信信。

傳云：「再宿曰信。」按：信爲申之借。申，重也。

既有淫威，降福孔夷。

廣雅釋言：「威，德也。」古夷字，有大義。

武

左傳宣十二年曰：武王克商，作武。

於皇武王。

朱傳云：「春秋傳以此爲大武之首章也。」

閔予小子

遭家不造。

不，讀爲丕。造，讀爲戚。猶文侯之命「閔予小子嗣，造天丕愆」也。

念兹皇祖，陟降庭止。

陟降，猶言黜陟也。言皇祖陟降群臣，皆以直道。

訪落

訪落，猶謀始也。孔廣森云：「物終乃落，而以爲始者，大抵施於終始相嬗之際。」

朕未有艾。

爾雅釋詁：「艾，歷也。」「歷，數也。」「未有艾」，猶言没有閲歷也。

將予就之。

按：將，且也。小爾雅：「就，因也。」始且因仍，繼謀擴大也。

紹庭上下。

按：紹當讀爲昭。「紹庭」言明直也。「紹庭上下」，言明直其賞罰，以陟降群臣也。

休矣皇考，以保明其身。

以皇考休美保勉其身。

敬之

敬之，群臣敬戒嗣王也。

馬云：「慶賞刑威，君之陟降厥家也。福善禍淫，天之陟降厥士也。」

日就月將。

廣雅釋詁：「就，久也。」楚辭王注：「將，長也。」「日就月將」，猶言日積月累耳。

學有緝熙于光明。

緝熙，積漸廣大。

小毖

予其懲而毖後患。莫予荓蜂，自求辛螫。

唐石經「毖」下有「彼」字。正義引孫毓云：「群臣無肯牽引扶助我。」與序言「求助」義合。莫予牽引扶助，徒自求辛苦耳。

載芟

侯彊侯以。

按：以當作「予」。予與旅韻。馬曰：「遂人『以彊予任甿』，『彊』爲詩之『侯彊』。『予』爲詩之『侯以』。彊、予二字平列。」

有依其士。

士，婿也。如「士之耽兮」之士。

良耜

或來瞻女。

馬云：「瞻讀贍給之贍。」

絲衣

載弁俅俅。

載讀爲戴。弁言爵弁也。

酌

遵養時晦。

左傳宣十二年：「兼弱攻昧，武之善經也。酌曰：『於鑠王師，遵養時晦。』耆昧也。」是「養晦」即「耆昧」也，「耆昧」即「攻昧」也，「攻昧」即攻取時昧。與毛義正合。今按「養」，食之取也，引申爲取國。

我龍受之。

傳：「龍，和也。」兼而有之也。龍、和同位相轉之聲。按：龍爲龕之假借字。方言六：「鈴、龕，受也。」「我龍受之」與賚「我應受之」句法相同。

蹻蹻王之造。

傳云：「造，爲也。」按：爲猶成也。

載用有嗣。

後嗣對下文先公言。

實維爾公允師。

爾公，爾先公也。師，法也。

桓

桓讀爲和。左傳宣十二年引詩「綏萬邦，婁豐年」以終武德之和衆豐財。綏萬邦，和衆也。婁豐年，豐財也。師克在和，故序以桓爲武志。

保有厥士，于以四方。

馬云：「士與土形近，古多互訛。呂刑『有邦有土』，史記作『士』。」于，往也。以，用也。

於昭于天，皇以間之。

書皋陶謨「天工，人其代之」之意。

賚

敷時繹思。

敷，布也。時，是。繹，說文：「抽絲也」。按：此謂纂其遺緒也。

時周之命。

時，承也。

般

允猶翕河。

允，讀爲埶，進也。猶，猶用也。翕讀爲涉。禮曲禮「拾級聚足」注：「拾當爲涉，聲之誤也。」「允猶翕河」即「進用涉河」也。

哀時之對。

哀時，即不時，亦即丕敬也。對，如對揚之對。

時周之命。

時，承也。

魯頌

駉

思馬斯徂。

按：臧、才、作、徂均聲相近，義亦相通。與出其東門「匪我思且」「匪我思存」同例。

有駜

在公明明。

明明，猶勉勉也。

閟宮

亦其福女。

其，語詞，猶居也。猶生民言「上帝居歆」也。

商頌

那

詩序：「那，祀成湯也。微子至於戴公，其間禮樂廢壞。有正考甫者得商頌十二篇於周之太師，以那爲首。」此據國語閔馬父言。

奏鼓簡簡，衎我烈祖。湯孫奏假，綏我思成。

馬云：「『鬷格無言』及此詩『湯孫奏假』皆祭者致神之謂也。奏，進也；格，至也。『湯孫奏假』，謂湯之子孫進假其祖。」又云：「『思成』爲報福之詞，與祝告利成同義。綏之言遺，遺即詒也。思爲句中語助。『綏我思成』猶云貽我福，與烈祖詩『賚我思成』句法正同。」

萬舞有奕。

廣雅釋訓：「奕奕，盛也。」

顧予烝嘗，湯孫之將。

與載芟、良耜文意相類。

烈祖

有秩斯祜。

有秩，猶秩秩也。

亦有和羹，既戒既平。鬷假無言，時靡有爭。

左傳昭二十年引此，杜注：「言中宗能與賢者和齊可否，其政如羹。」按左傳昭二十年「宰夫和之，齊之以味」，此詩所謂戒也；「濟其不及，以泄其過」，此詩所謂平也。戒、平宜承和羹言。

馬云：「鬷假，與『湯孫奏假』同義。奏、鬷一聲之轉，故通用。鬷又通作艐，爾雅釋詁：『艐、格，至也。』即此鬷假異文。至之言致，謂精誠上致乎神，朱子中庸集注所云『進而感格於神明之際也』。」

我受命溥將。

楚辭王注：「將，長也。」溥、將平舉，猶公劉「既溥既長」也。

來假來饗。

朱傳謂祖考來假來饗。

玄鳥

古帝命武湯。

古帝，堯也。

在武丁孫子。

王引之謂武丁疑爲武王之訛。大戴用兵篇引詩「嗣武于孫子」，「于」亦王之訛。

武王靡不勝。

王引之謂此「武王」則爲「武丁」之訛。

景員維河。

馬云：「景當讀如東西爲廣之廣，員當讀爲南北爲運之運。越語『廣運百里』韋注：『東西爲廣，南北爲運。』商家四面皆河，故合東西南北言之而曰『景員維河』。王肅以『河』爲河水，是也。廣運或作廣員，山海經西山經『廣員百里』是也。」

長發

濬哲維商。

濬哲，猶言睿聖也。

禹敷下土方。

書序：「帝釐下土方，設居方。」

幅隕既長。

幅隕，亦即廣運也。說文：「幅，布帛廣也。」故幅有廣義。

玄王桓撥。

武志也。「撥」，韓詩作「發」，言「奮發」也。謚法解：「剛克爲發。」

遂視既發。

此「發」如「亦足以發」之發。

帝命不違，至于湯齊。

韓詩外傳引詩，言古今一也。按：言自契至湯皆不違帝命，故韓以爲先聖後聖，其揆一也。

湯降不遲。

降猶生也。不遲者，應期而生。魯頌閟宫：「無災無害，彌月不遲。」

昭假遲遲。

昭假於天，久而不息。

昭假、鬷假、奏格、昭告、登遐，義並同。

上帝是祇。

敬上帝也。

帝命式于九圍。

式，法也，爲法於九圍也。

受小球大球。

球、軌、捄、癸、丩，均聲相近。

爲下國綴旒。

爲下國之儀表。

受小共大共。

工、句、股、規、巨，並聲相近。

球爲丩之借，丩，所以繩之也。共爲工之借，工，所以度之也。廣雅釋詁：「拱、捄，法也。」

爲下國駿厖。

馬中之駿，鱗蟲中之龍。爲下國之魁率。

殷武

撻彼殷武。

説文：「遽，古文撻。」段云：「從虍者，言有威也。」

罙䈽之旅。

釋文：「鄭、荀、董、蜀才『罙』作『𢱢』，云：取也。」廣雅釋詁：「𢱢，取也。」

設都于禹之績。

績假爲蹟，蹟即迹之或體字。周書立政：「以陟禹之迹。」

勿予禍適。

王引之云：「予猶施也。禍，讀爲過。廣雅：『謫、過，責也。』『勿予過責』，言不施過責也。」

天命降監。

天命湯降臨圻內之民。

不僭不濫。

僭，過差也。

命于下國。

湯施教令於諸侯。

四方之極。

之，是也。

是斷是遷，方斲是虔。

馬云：「『方斲是虔』與『是斷是遷』對舉，正與魯頌『是斷是度，是尋是尺』文法相類。方猶是也……虔當讀如虔劉之虔。方言：『虔，殺也。』廣雅虔、伐、刈並訓殺。是虔猶伐也，刈也。淮南說林『譬猶削足而適履，殺頭而便冠』，高注：『殺，猶削也。』」

圖書在版編目（CIP）數據

毛詩説 / 曾運乾著 ； 周秉鈞點校． -- 武漢 ： 崇文書局， 2023.8
（曾運乾著作集）
ISBN 978-7-5403-7133-3

Ⅰ．①毛… Ⅱ．①曾… ②周… Ⅲ．①《詩經》—詩歌研究 Ⅳ．①I207.222

中國國家版本館 CIP 數據核字（2023）第 112186 號

出品人 韓 敏
策劃編輯 陶永躍
責任編輯 吕慧英
封面設計 楊 艷
責任校對 董 穎
責任印製 李佳超

毛詩説
MAOSHISHUO

出版發行 長江出版傳媒 崇文書局
地 址 武漢市雄楚大街 268 號 C 座 11 層
電 話 (027)87677133 郵 編 430070
印 刷 中印南方印刷有限公司
開 本 880mm×1230mm 1/32
印 張 8.875
字 數 133 千
版 次 2023 年 8 月第 1 版
印 次 2023 年 8 月第 1 次印刷
定 價 78.00 元